Textes Philippe Champagne + I.A
Illustrations I.A + Philippe Champagne

Dépôt légal : mai 2025

Contact : editionslucides@proton.me

ISBN 979-10-977246-0-3

Prologue – Le Grand Spectacle Américain

Bienvenue, lecteur·rice, sous le grand chapiteau des « États-Désunis d'Amérique », où l'on vous vend depuis des siècles un rêve en technicolor :

Villas avec piscine, hamburgers illimités, cow-boys sur fond de coucher de soleil, et super-héros aux muscles huilés pour garantir la paix mondiale… le tout orchestré par Hollywood, les pubs de Miami Beach et les influenceurs à paillettes.

Officiellement, ici, « tout le monde est beau, fort, gentil, les USA sont le pacificateur du monde, le pays où tout est possible. »

Pourtant, sous les néons et les feux d'artifice du 4 Juillet, se cache un éclairage crûment différent : misère larvée, dominations multiples, épidémies d'obésité comme nouvelle religion, un système de santé où l'on vend votre fracture avant de vous la soigner, une pollution industrielle qui ferait passer Tchernobyl pour un feu de camp…

Bref, bienvenue en enfer sur terre !

Vous aurez beau allumer Netflix et regarder vos séries préférées, écouter les playlists , magasiner votre bonheur sur Amazon ou vous faire bronzer à Malibu, vous ne verrez jamais la file d'attente devant les soupes populaires, les coudes serrés aux guichets d'assurance, les nuages toxiques au-dessus des raffineries ni le joli mot « précarité » tatoué sur l'avant-bras des travailleurs pauvres.

Ce livre ? Un pamphlet à charge ? Provocateur ? Absolument !

Parce qu'il est si facile de placer la caméra sur un gratte ciel de Manhattan et d'oublier le Bronx ;

De filmer le ranch patiné d'un influenceur et de passer sous silence les milliers de sans-abri réchauffant leur carton au coin de la rue ;

Pourtant, j'en suis convaincu : l'Amérique peut redevenir ce pays merveilleux dont rêvaient Benjamin Franklin ou Martin Luther King, un pays où l'innovation ne dévore pas les droits, où la liberté est un filet de sécurité et non un chèque en blanc pour les multinationales.

Il y a des gens incroyables – artistes, enseignants, soignants et activistes – qui, demain, pourraient faire basculer la balance.

Mais hélas, à l'heure où ce livre paraît, c'est la symphonie Trumpesque de la « dictature du dollar », de l'« hégémonie marchande » et de la « corruption religieuse » qui écrase nos consciences.

Alors, embarquez avec moi : je vous propose de dé-zoomer sur le Grand Spectacle, d'enfoncer la porte des coulisses et de découvrir la face sombre d'un empire de paillettes.

Parce que, si l'Amérique a été un jardin d'Éden avant 1492… depuis, c'est surtout un champ de ruines où pousse un faux rêve.

Et si on osait enfin le raconter ?

Et surtout , merci pour votre indulgence ! C'est une compilation un peu hétéroclite de tout ce qui existe de négatif sur les USA

— Votre guide satirique dans le labyrinthe du rêve américain.

Table des matières

Que peut signifier l'acronyme « U.S.A. ? » aujourd'hui ?
Un sigle peut en cacher un autre.

Usages Stupéfiants Assurés
Pays des opioïdes, sodas XXL et sucres ultra transformés
veines bouchées, slogans qui pétillent.

Uzi, Shotgun & AR-15
L'arsenal de tous les jours
On tire , on discute ensuite

Ultra-Sucre & Additifs
Nation « gros sodas, gros soucis »120 g de glucose par menu :
record mondial, insulinothérapie en option.

Usine à Souffrance Assistée
Santé payante, douleur gratuite
Tomber malade , passer à la caisse, mourir ruiné

Union des Ségrégations Actuelles
Patchwork de droits à géométrie raciale
Du code ZIP dépend la couleur du futur :
blanc, noir ou gris plomb.

Ultime Supermarché d'Armes
Drive-in pour munitions
Les balles en promo, les vies en solde.

Université des Super Anti-vaccins
Doctorat en complotologie
Quand Facebook vaut un diplôme de médecine.

Unité Sans Âge
Pays où l'on travaille jusqu'à l'os
Retraite à 67 ans… si la Bourse est d'humeur.

Ultra-Surveillance Autorisée
Caméras de sonnette, drones de voisinage, NSA en arrière-plan
Big Brother en freelance sur abonnement.

Université Sans Argent
1 800 milliards $ de dettes étudiantes
vos souvenirs de campus coûtent un porte-avions.

Liste non exhaustive :
l'acronyme se recycle mieux que leurs déchets toxiques.

Et MAGA ?
Certainement « **M**ake **A**merica **G**rotesque **A**gain ! »
ou bien
« **M**égalomanie **A**bsolue , **G**rotesque **A**rnaque «

Chapitre 1 : Sécurité intérieure, Armes, Gangs, Tueries, Export, Lois absurdes

1.1 Bienvenue dans le stand de tir géant – La fête nationale de la cartouche. Le 2eme amendement ? On en use et on en abuse !

Le Deuxième Amendement, (droit d'être armé) est brandi comme un talisman sacré, tel le Saint Graal par ceux qui pensent qu'un AR-15 est une extension naturelle de leur colonne vertébrale.

Voté en 1791, à une époque où recharger une arme prenait 45 secondes, il garantissait aux citoyens le droit de posséder un mousquet... pas un fusil d'assaut tirant 600 coups par minute.

Anecdote : En Arizona, un aveugle a obtenu un permis de port d'arme... et personne n'a vu le problème. Le sens du danger, c'est pour les autres.

1.2 Bienvenue aux USA, où « liberté » rime avec « munitions à volonté », et où le crépitement des rafales remplace la playlist du barbecue dominical.

Quelques chiffres pour tirer en l'air (ou charger l'ambiance :)

400 millions d'armes à feu pour 330 millions d'habitants.

Près de 50 000 morts par an par arme à feu , (17 morts par 100 000 habitants (1,5 en France, 0,03 au Japon) 1 fusillade toutes les 16 h.

Anecdotes véridiques : En 2022, à Houston, un salon d'armes a connu une fusillade… dans la file d'attente pour acheter des armes.

Chaque fusillade est suivie par une vente flash d'armes."

1.3 Acheter une arme : Le drive-in de la mort.

Acheter un AR-15 est plus rapide que commander un Big Mac.

Vérification des antécédents ? Seulement si le vendeur n'est pas trop occupé à compter sa caisse.

Remplir un formulaire de trois lignes, présenter un permis de conduire, repartir avec ton fusil semi-automatique, la mort en kit.

En 2023, en Alabama, une banque offrait un fusil de chasse pour toute ouverture de compte supérieur à 1 500 $.

En Caroline du Sud, une église a offert des armes à feu aux nouveaux baptisés.

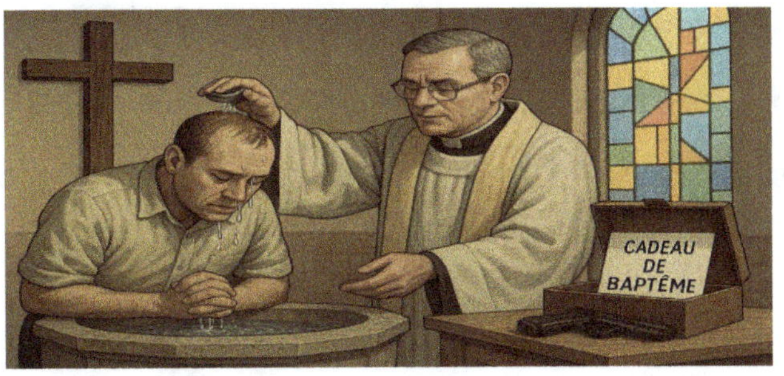

Fun Fact : Au Kentucky, il existe un drive-in spécialisé dans la vente d'armes automatiques. Munitions incluses pour les premiers clients

1.4 Tueries de masse : Le sport national non-officiel

Nombre d'incidents 2024 : 586 tueries de masse

- **Total des morts** (y compris les auteurs) : 711

- **Total des blessés** (y compris les auteurs) : 2 375

11 tueries / semaine ! La loterie, les "gagnants" finissent à la morgue.

Tendances ; Où meurt-on le mieux ?

- 45 % dans des écoles.
- 25 % dans des supermarchés.
- 15 % dans des lieux de culte.

Chez soi et n'importe où (suicides , accidents , bavures...)

Records tordus : les plus jeunes tueurs :

Joseph Hall, 10 ans, Californie , a froidement abattu son père en 2011. (inspiré par « Esprits criminels «) 7 ans de prison

Colt Gray, 14 ans, 2024, a tué quatre personnes dans une fusillade à son lycée en Géorgie (son cadeau d'anniversaire à 13 ans ? Un AR 15)

Kip Kinkel, 15 ans, (1998), tue ses parents et attaque son lycée.

Nathaniel Brazill, 13 ans, Floride (2000), tue son professeur pour une mauvaise note. (jugé comme un adulte, 28 ans sans réductions)

les tueries les plus connues :

Columbine (1999) : La naissance du mythe morbide de la tuerie scolaire (16 morts).

Sandy Hook, 2012 , 28 morts dont 20 enfants 6 / 7 ans

Las Vegas (2017) : 60 morts, 867 blessés. Le tueur avait 23 armes dans sa chambre d'hôtel. Il a tiré 1000 coups en quelques minutes

Record de victimes en entreprise : 23 morts dans un bureau postal (Oklahoma, 1986).

"Aux États-Unis, l'emploi du temps scolaire prévoit récré, mathématiques et exercices de fusillade."

1.5 Gangs : Business mortel ; Quand le crime devient une PME

Tu crois que la mafia sicilienne dangereuse ?, viens à South Central L.A, dans les ruelles de Chicago, Détroit, Baltimore ou Compton : ici, les gangs ne vendent pas des cookies, mais des AK-47 au kilo.

Anecdote : Certains gangs organisent des tueries mobiles... en trottinette électrique (pour des raisons écologiques sans doute)..

Gangs célèbres : Crips : 35 000 membres, implantés dans 42 États.

Bloods : rivaux historiques des Crips, experts en tueries mobiles.

MS-13 : marée de machettes venue du Salvador, experts en exécutions expéditives.

Latin Kings : 30 000 membres, organisation hiérarchisée comme une multinationale. quasi-militaire.

Statistiques gangsters :

48 % des homicides par armes à feu liés aux gangs.

En 2022, Chicago a enregistré 2 832 blessés par balles liés à des guerres de territoire.

Anecdotes bien trash :

À Baltimore, la police découvre un "arsenal communautaire" caché derrière une supérette : 17 armes automatiques, 3 grenades et un lance-roquettes (vide, par chance).

Livraisons Uber d'armes illégales sous couvert de livraison de pizza.

"À South Side Chicago, la question n'est pas 'Est-ce que l'on va me tirer dessus ?', mais 'Quand ?"

"À L.A, ton Uber et ta balle perdue peuvent arriver en même temps."

"Une bonne fusillade zéro carbone, c'est ça, l'Amérique verte."

1.6 Bébé flingueur, papy tireur : Quand tout le monde s'y met

Records imbéciles : (Exemples hallucinants 100% véridiques :

Un bébé de 14 mois responsable d'une blessure par balle accidentelle (Kansas, 2022).

2022, Floride : un enfant de 2 ans tue son père avec un Glock chargé trouvé sous un coussin de canapé.

2023, Michigan : un enfant de 5 ans tue accidentellement sur son petit frère de 3 ans avec une arme non sécurisée.

2023 Indiana : un enfant de 3 ans tue accidentellement son petit frère de 2 ans, avec l'arme trouvée dans le sac à main de la mère

2021, Texas : un bébé de 14 mois se tire une balle dans la jambe après avoir trouvé un revolver dans un tiroir bas.

Près de 5000 enfants tués chaque année ; accidents, balles perdues...

Comment est-ce possible ?

Dans de nombreux États, il n'est pas obligatoire de sécuriser son arme dans une maison où vivent des enfants.

30 % des propriétaires d'armes admettent laisser leur arme chargée ET accessible.

Statistique glaçante ; Chaque année, plus de 300 enfants tirent, se blessent ou tuent accidentellement.

Quand le berceau devient un stand de tir : laisser traîner une arme chargée est aussi banal que laisser traîner des jouets.

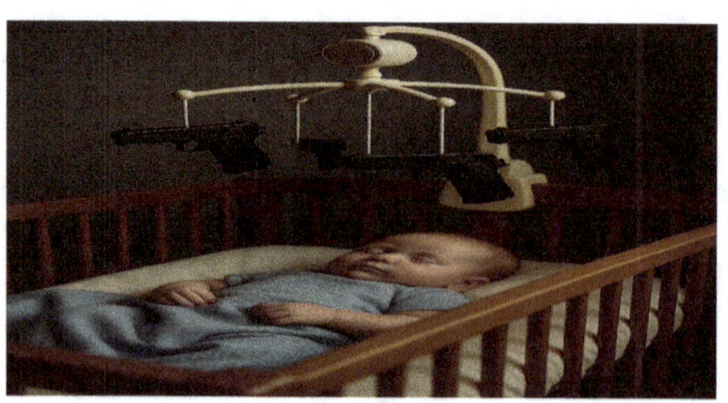

Les animaux aussi s'y mettent !

2021, Oklahoma : un chien appuie sur la gâchette d'un fusil de chasse posé dans une voiture, tuant le passager avant.

2018, Iowa : un chien déclenche un coup de feu en sautant sur un fusil posé sur le sol, blessant gravement son maître chasseur.

Punchline canine : "Attention, votre labrador pourrait être armé."

Assurances et absurdités :

Une assurance pour couvrir votre arme est optionnelle... mais un accident coûte en moyenne 75 000 $ en frais médicaux et juridiques.

Certaines assurances offrent des "packs famille" qui incluent les accidents causés par les enfants. Business is business.

"Aux États-Unis, mieux vaut apprendre très tôt à dégainer qu'à marcher."

La baby-sitter : " le baby-sitting, c'est désormais armée ou rien."

1.7 : Lois et jugements absurdes en mode freestyle

Délires législatifs actuels :

"Open Carry" : Se balader armé jusqu'aux dents dans Walmart est un droit fondamental, porter une arme visible est aussi banal que porter un sac à main

"Constitutional Carry" : Aucun permis requis, aucune formation demandée. Visez, tirez, recommencez.

Délire mortel : Lacune dans la loi (Charleston Loophole) ; Quand un vendeur d'armes demande une vérification d'antécédents via le FBI, il doit attendre 3 jours ouvrables pour obtenir la réponse.

Si au bout de 3 jours personne n'a répondu... bingo : il peut vendre l'arme !

En 2023, 5 865 armes ont été vendues sans vérification d'antécédents finalisée.

1 sur 10 a servi dans un crime violent dans les 6 mois.

Dylann Roof, auteur de la tuerie de l'église de Charleston en 2015, (9 morts) a pu acheter son arme grâce à cette lacune dans la loi.

"Pas de réponse ? Pas de problème ! Voici votre AR-15."

"Si tu peux patienter 3 jours, tu peux tuer en toute légalité.

<h1 style="text-align:center">La loi « Stand Your Ground »</h1>

Aux États-Unis, tirer en premier et réfléchir après n'est pas seulement toléré : c'est parfois encouragé par la loi.

Bienvenue dans l'univers parallèle du "Stand Your Ground".

<h2 style="text-align:center">Principe magique :</h2>

Si vous pensez être menacé, vous pouvez tirer sans tenter de fuir ou de désamorcer la situation, pas besoin de preuve évidente de danger immédiat : votre "ressenti" suffit.

Statistiques assassines : acquittements à la chaîne

Environ 30 États américains appliquent une version de la loi "Stand Your Ground".

Les homicides jugés "justifiés" ont augmenté de 74 % après l'adoption de ces lois (American Bar Association, 2022).

Un homme blanc invoquant Stand Your Ground a deux fois plus de chances d'être acquitté qu'un homme noir.

Exemples hallucinants et autres délires législatifs absurdes :

Floride, 2012 : George Zimmerman tue Trayvon Martin, un adolescent noir non armé. Verdict : non coupable.

2018, Floride : un homme en abat un autre qui l'avait bousculé sur un parking pour une place handicapé. Verdict : acquitté.

À 18 ans, vous pouvez acheter un fusil semi-automatique... mais vous ne pouvez pas commander une bière (âge légal : 21 ans).

Dans plusieurs États, il est interdit de vendre des Kinder Surprise (risque d'étouffement)... mais tout à fait légal de vendre un AR-15.

Certaines écoles interdisent les ciseaux pointus... mais autorisent les enseignants à porter une arme.

Texas : interdit de posséder plus de 6 sex-toys... mais posséder 5 000 armes est parfaitement légal.

Arizona : un aveugle peut porter une arme chargée en public, sans la moindre restriction.

Kentucky : les étudiants peuvent porter leurs armes à feu... tant qu'elles restent bien visibles.

Défaut de procédure célèbre :

En 2022, un tireur de masse en Californie libéré car un mandat de perquisition était mal formulé.

"Aux États-Unis, tu peux tuer… si tu as un bon avocat."

Élection des shérifs : flics fashion-victimes sans formation

Plus de 3 000 comtés où votre shérif se choisit au bulletin rose… ou bleu, selon la promo du moment.

- Campagne électorale : 50 000 $ à 500 000 $ de spots télé et selfies en 4K.

- Salaire moyen : 65 000 $/an… plus prime "gilet pare-balle" si vous survivez à la première arrestation.

- Expérience requise : souvent un sourire ravageur – l'appli "Badge & Selfie" ne vérifie pas le CV.

- Anecdote : en 2012, l'Indiana a élu un shérif plus célèbre pour ses casquettes offertes que pour ses compétences en matraquage.

Quelques perles juridicomiques :

En Géorgie, toute personne a le droit de porter une arme dans un bar... tant qu'elle n'est pas complètement ivre (! ?)

Au Texas, vous pouvez porter un fusil d'assaut en public sans permis, mais pas un sabre samouraï sans licence spécifique.

En Louisiane, on peut acheter un lance-flammes sans enregistrement, mais pas un spray au poivre de forte concentration.

Chiffres absurdes :

37 États autorisent le port d'armes dans les églises.

21 États autorisent les armes à feu dans les bars.

8 États permettent d'avoir une arme dans une école sans être un agent de sécurité officiel.

Bump stocks : un appareil autorisé , démultipliant la cadence de tir des fusils semi-automatiques, les transformant de facto en mitraillettes.cet accessoire permet de tirer jusqu'à 800 coups minute.

Utilisé par le tireur de Las Vegas en 2017 : 60 morts, plus de 800 blessés en quelques minutes.

Longtemps légal malgré les massacres, Interdit fédéralement seulement en 2019... mais toujours contesté dans plusieurs États.

Le ghost gun : le pistolet sans papiers (Kits vendus en ligne pour assembler son arme à feu chez soi sans numéro de série.) Impossible à tracer, impossible à réguler.

En 2023, plus de 20 000 "ghost guns" saisis par la police fédérale.

L'Arizona a légalisé le port d'armes sans permis ET réduit les délais de vérification

Le Tennessee a supprimé toute obligation de formation préalable pour porter une arme en public.

Environ 1,2 million d'armes vendues chaque année sans vérification complète.

Anecdotes réelles :

2022 : en Floride, un homme a été arrêté pour possession illégale... de pastèques volées, alors qu'il avait légalement trois fusils semi-automatiques sur lui.

Au Missouri, un législateur a proposé une loi pour interdire les scanners corporels à l'entrée des églises, au nom de la "liberté religieuse armée".

"Tu peux posséder un fusil d'assaut à 18 ans, mais attention : pas de Mojito avant 21 ans !"

Défauts de procédures et échappatoires légaux :

procès pour fusillades annulées pour "vice de forme" : preuve mal transmise, témoin mal convoqué... et hop, dehors !

Culpabilité morale ? Peut-être. Juridique ? Discutable.

La foire aux acquittements : Défenses les plus absurdes entendues :

"Je pensais que son smartphone était un pistolet."

"Il avait l'air louche."

"Il m'a regardé bizarrement."

1.8 Massacres domestiques et rage ordinaire : L'enfer, c'est chez soi

Quand la tuerie n'arrive pas dans un centre commercial ou une école, elle explose au sein même du doux cocon familial. Aux États-Unis, la maison est aussi souvent le théâtre du drame que le lieu du repas dominical.

Statistiques glaçantes :

54 % des femmes assassinées aux États-Unis l'ont été par leur partenaire intime

Chaque mois, en moyenne, 70 femmes sont tuées par balles par un compagnon ou ex-compagnon.

Les États où l'accès aux armes est le plus facile sont ceux où les homicides domestiques explosent.

Exemples tristement banals :

1989, Lakeville (Indiana) – « Le bal de promo parfait »
un lycéen (17 ans) a abattu ses parents et son frère pour s'assurer que rien ne vienne gâcher sa soirée de bal de promo.
Motif : un désaccord sur la préparation et l'organisation de son bal.

2025, Melbourne (Floride) . Un adolescent de 19 ans tue son père au cours d'une altercation qui démarre… parce que celui-ci lui a fait une remarque en lui tendant une assiette de nourriture. *Motif :* un commentaire sur la nourriture servi.

2024, Pennsylvanie. Roger Hanks, 76 ans, prétend que son arme « s'est déclenchée accidentellement » en la nettoyant pendant une querelle avec sa femme ; il tue celle-ci, puis leur fille quand elle intervient.

2024, Utah. Harold Luster, 61 ans, accuse son fils de cacher des informations sur une prétendue liaison de sa femme. Verdict : une seule balle dans la tête de son fils de 26 ans.

Facteurs déclencheurs : Alcool + arme = cocktail explosif.

Divorce, disputes financières, jalousies, stress professionnel.

Et parfois... absolument aucun motif. "Juste parce que."

Mieux vaut faire la vaisselle sans râler... ou réviser son testament."

Punchline conjugale : "Quand l'amour meurt aux États-Unis, il emporte souvent tout le quartier avec lui."

1.9 Violence routière : La rage sur l'asphalte, la route du sang

Les fusillades de rage routière ont augmenté de 250 % en dix ans.

En 2022 : 728 incidents recensés de rage avec armes, 132 morts.

Exemples débiles mais sanglants :

2021, Floride : un automobiliste abat un autre conducteur pour l'avoir "doublé trop vite".

2023, Californie : échange de klaxons... deux morts, trois blessés.

500 incidents de "road rage" armée par an.

43 décès en 2023 suite à des disputes sur des parkings.

Exemples réels :

Floride, 2021 : Deux conducteurs s'abattent mutuellement pour une place de stationnement.

Arizona, 2023 : Une altercation banale au feu rouge finit en fusillade.

"Aux États-Unis, klaxonner peut être mortel."

Résultat : une nation sous siège permanent

Coûts : 557 milliards de dollars/an liés à la violence par arme.

Perte estimée : 2,6 % du PIB américain.

"Les États-Unis : terre de la liberté… de mourir prématurément."

1.10 Assurances pour ton flingue : Les affaires sont les affaires.

Assurer son arme : business florissant

Aux États-Unis, tout se monnaye, même votre droit à pulvériser un voisin par accident.

Quelques faits :

Assurance pour arme : entre 200 $ et 500 $ par an.

Couvre : blessures accidentelles, décès, frais juridiques, réparation

Certaines compagnies proposent même des "forfaits famille" incluant les tirs accidentels par enfants.

"Soyez prêt à tout… surtout au pire !"

"Votre arme mérite la meilleure protection après vous."

"On ne soigne pas votre cancer, mais on couvre votre AK-47."

Anecdote : Certaines écoles demandent maintenant aux parents de prouver que leur arme est assurée.

La Publicité de la Mort : À la TV, sur YouTube

Slogans authentiques :

"Donnez à l'être aimé le don de sécurité ; Achetez un GLOCK ! :

"Bushmaster : Renouvellement de votre carte de virilité"

Anecdote : En 2022, une pub de fusil semi-automatique a été diffusée pendant le Super Bowl local au Texas.

"Ici, on vend des rêves... et des fusils de guerre."

1.11 Sacs Pare-balles, Portiques et cours de Duck and Cover (accroupis et couvre toi !)

Stats sécuritaires : Portiques et sacs pare-balles

95 % des lycées américains équipés de portiques détecteurs de métaux.

1 enfant sur 4 porte un sac à dos pare-balles, vendus en 2023 (Walmart, 9 à 400 $, selon la capacité à arrêter une balle de calibre.45.

"Votre rentrée scolaire sponsorisée par Kevlar™."

Évolution du marché :

Ventes de sacs pare-balles enfants en hausse de 300 % depuis 2018.

Publicités ciblées Facebook et Instagram pour "parents responsables".

Options : couleurs flashy, modèles princesses ou super-héros... tous blindés.

Modèles capables d'arrêter des balles de calibre.44 Magnum (merci Dirty Harry).

"Votre premier super pouvoir : arrêter les balles !"

"Parce que votre petit trésor mérite mieux qu'une simple trousse."

Anecdote cynique :

Certaines écoles recommandent aux parents, dès la rentrée, d'équiper leurs enfants de sacs pare-balles... comme d'autres exigeraient une règle et un cahier.

Punchline : "Quand ton cartable est plus solide que ton futur."

Cours de survie : Dès l e primaire, on enseigne le "Run, Hide, Fight" : courir, se cacher, puis contre-attaquer en dernier recours.

Certains États vont jusqu'à proposer des formations de tir aux enseignants.

Punchline pédagogique : "Aux USA, apprendre à esquiver une balle est plus vital que de savoir lire l'heure."

Statistiques de l'horreur scolaire :

Depuis 2013, plus de 400 fusillades ont eu lieu dans des écoles américaines. En moyenne, 32 enfants tués ou blessés par an.

Plus de 75 enseignants tués en service depuis 2000.

Profil type des tueurs de masse scolaires :

98 % sont des garçons. Âge moyen des tireurs : 16 à 20 ans.

"Aux États-Unis, l'emploi du temps scolaire prévoit récré, mathématiques et exercices de fusillade."

Un gilet pare-balles est plus utile qu'une boîte de crayons."

1.12 Cannibales, Dépeceurs & Écorcheurs et autres tueurs en série

Ah, ces virtuoses du crime … Première place, Samuel Little, qui a pulvérisé tous les records en collectionnant les victimes (91) comme d'autres collectionnent les timbres.

Derrière, Gary Ridgway, le « tueur de la rivière », 49 corps au compteur (et toujours le sens de la mise en scène).

Sans oublier Ted Bundy, le beau gosse à 30 victimes, champion du « charme mortel ».

Et Dennis Rader, le fameux BTK, qui s'est offert 10 vies façon catalogue macabre.

Des « artistes » prolifiques, capables de transformer chaque fiche criminelle en best-seller sanglant… et, hélas, en véritable palmarès de l'horreur.

1.13 Crimes gores : Cannibales, écorcheurs, psychopathes en roue libre

Quelques chefs-d'œuvre : La face cachée du rêve américain : là où certaines âmes sensibles auraient préféré rester couchées. Ici, la folie ne s'exprime pas en mots mais en balles, en chairs découpées et en recettes de cannibales improvisés.

Quelques chefs-d'œuvre du gore made in USA :

Jeffrey Dahmer : surnommé "le cannibale de Milwaukee", il a tué, démembré et mangé 17 jeunes hommes entre 1978 et 1991. Décorations murales : crânes vernis et têtes dans le frigo.

Albert Fish : pédophile, cannibale, tortionnaire dans les années 1920, il écrivait des lettres aux parents de ses victimes pour décrire les "repas" qu'il en faisait.

Ed Gein : l'écorcheur du Wisconsin. Inspirateur de "Psychose", "Massacre à la tronçonneuse" et "Le Silence des Agneaux", il transformait les peaux humaines en abat-jour et vêtements.

Profils types :

92 % des tueurs en série cannibales sont des hommes blancs américains.

Majoritairement issus de milieux ruraux ou suburbains isolés.

Souvent des traumatismes infantiles (violences, négligences, abus psychologiques).

Méthodes préférées : Démembrement, écorchage, dissolution

Dissimulation dans les murs, sous le plancher …

Quelques pépites du macabre :

2009 : Anthony Sowell, "l'étrangleur de Cleveland", corps de 11 femmes trouvées, certaines se décomposant sous les planchers.

2012, Miami : l'attaque du "zombie de Miami" où un homme drogué aux sels de bain a mangé le visage d'un sans-abri en pleine rue.

Punchline sanglante : "Aux USA, ton voisin est peut-être sympa. Ou alors, il fabrique des napperons en peau humaine."

Tendance mondiale : Depuis 2000, plusieurs crimes gore à travers le monde se réclament de l'influence de films et de faits divers américains (Europe de l'Est, Japon, Australie).

Les tueurs copieurs citent souvent les cas Dahmer ou Gein comme "inspirations artistiques".

Exportation du gore américain :

Films, séries, podcasts true crime : les best-sellers sont souvent des hommages déguisés aux pires serial killers américains.

Les écoles criminologiques du monde entier étudient en priorité les cas US pour leur "richesse en détails"... morbides.

1.14 Citations cultes du désastre

NRA (association possesseurs d'armes) : "Le seul moyen d'arrêter un méchant avec une arme est un gentil avec une arme."

Charlton Heston : "Seulement en m'arrachant le fusil après ma mort"

Wayne LaPierre : "Armez les enseignants pour protéger nos enfants."

Ted Nugent (rockeur NRA-addict) : "Gun control is for idiots." ("Le contrôle des armes, c'est pour les idiots.")

Perles moins officielles :

Après la fusillade de Sandy Hook, un politicien du Texas propose : "Armons les professeurs avec des fusils d'assaut."

Réaction après la tuerie de Las Vegas : "Ce n'est pas le moment de parler de contrôle des armes." (spoiler : il n'y a jamais de bon moment selon eux.)

Nationalités :

97 % des auteurs de tueries de masse aux États-Unis sont des citoyens américains. 3 % seulement sont des résidents étrangers.

1.15 Exportations américaines : L'exportation du chaos

Quand on pense "Made in USA", certains rêvent de Coca-Cola, de jeans et de rock'n'roll. Mais pour des millions de personnes à travers le monde, c'est plutôt AK-47, M16, Glock et compagnie.

En 2024 les USA ont exporté pour 320 milliards de dollars d'armes.

39 % du marché mondial des armes légères.

Cartels mexicains : 70 % des armes proviennent des USA.

La majorité des armes des massacres mexicains sont américaines.

Où vont ces armes ?

Mexique : narco-guerres à domicile.

Amérique centrale : guerre civile et maras.

Afrique : conflits tribaux armés jusqu'aux dents.

Moyen-Orient : des M4 américains dans toutes les bonnes rébellions.

Autres guerres / alliés , et même indirectement , aux ennemis...

Chute de Mossoul (Irak-2014), les combattants de Daech se sont servis directement dans les stocks d'armes américaines abandonnées.

"L'Amérique : exportateur officiel de balles perdues et de rêves fracassés."

Depuis 2000, 17 pays ont connu des tueries de masse inspirées de massacres américains (manifestes, styles d'attaques, armes utilisées).

Exemples de l'export du carnage :

Norvège, 2011 : Anders Breivik tue 77 personnes. Inspiré des attaques de Columbine et de l'imagerie américaine.

Nouvelle-Zélande, 2019 : Christchurch, 51 morts dans deux mosquées. Le tueur cite explicitement la culture américaine des armes comme source d'inspiration.

Allemagne, 2002 : massacre d'Erfurt, 16 morts : directement influencé par les tueries scolaires américaines.

La fascination globale pour le "mass shooting" US :

En France, en Allemagne, au Japon, les jeux vidéo ultra-violents et la mythologie de l'homme armé solitaire inondent les esprits.

Vente de kits semi-automatiques "prêts à assembler" livrés légalement dans plusieurs pays.

Formations paramilitaires privées américaines exportées en Afrique, en Europe de l'Est, et en Asie. Punchlines globales :

"Quand l'Amérique éternue, le monde se prend une rafale."

"Made in USA : fusillades de série et rêve fracassé."

"Exportons la démocratie... et le calibre 5.56."

"Achetez Américain, Mourez n'importe où !"

1.16 Distributeurs automatiques d'armes et de munitions :

Présents dans certains États comme le Texas et la Géorgie.

Vendent munitions, accessoires de tir, parfois même des kits de montage pour armes semi-automatiques.

Disponible 24h/24, sans vérification d'identité dans plusieurs cas (surtout en mode "foire" ou "salon de tir").

Exemple : À Houston, un centre commercial possède un distributeur de munitions à côté des snacks.

En Alabama, il est possible de récupérer des chargeurs pleins en payant avec Apple Pay.

Fun fact publicitaire :

Certaines publicités locales offrent des remises sur armes à feu pour l'achat d'un barbecue ou d'un 4x4.

Pendant la période de Noël 2022, des publicités pour des AR-15 ont été diffusées entre deux films familiaux dans le Midwest.

"Offrez un Glock sous le sapin, et gardez la dinde pour la morgue."

Bienvenue au pays où la liberté pèse une livre de plomb et où la devise nationale pourrait être : "In Guns We Trust."

1.17 Success Stories : Le rêve Américain version Dirty Harry

Aux États-Unis, la réussite est souvent racontée en dollars, parfois en balles. Ici, devenir une légende passe aussi bien par Wall Street que par une fusillade sur Main Street.

Exemples véridiques :

Bonnie and Clyde : Ce charmant couple (au moins 13 meurtres.) a écumé le pays dans les années 30, braquant banques et stations-service, devenant des stars médiatiques avant même leur fin sanglante sous 130 balles de la police. Leurs photos posées façon "shooting glamour" circulaient dans les journaux comme aujourd'hui sur Instagram.

Al Capone : Patron incontesté de Chicago, roi de l'alcool de contrebande ; Il organisait des massacres en plein jour (Saint-Valentin 1929) tout en se présentant en bienfaiteur public. Finalement arrêté... pour fraude fiscale. Tuer, ça passe, mais frauder, jamais !

Pablo Escobar : Même s'il était colombien, Escobar incarnait le rêve américain inversé : cocaïne, AK-47, corruption, tout made in USA. Grâce à l'appétit sans fond des Américains pour la poudre magique, il devint l'homme le plus riche du monde hors industries classiques.

Capone engrangeait l'équivalent actuel de 2 milliards de dollars / an.

Escobar contrôlait 80 % du marché mondial de la cocaïne.

1.18 Argent, célébrité, et sang versé : Welcome to Fame Inc.

La recette du succès rapide :

Un massacre médiatique = renommée garantie.

Un procès spectaculaire = série Netflix en chantier.

Une cavale sanglante = merchandising d'objets collectors (t-shirts, mugs, posters).

Quelques cas d'école, tout sauf glorieux :

Charles Manson : Petit gourou de pacotille devenu l'icône du mal absolu. Sans jamais avoir lui-même égorgé qui que ce soit, il a orchestré une série de meurtres (dont celui de Sharon Tate, enceinte de 8 mois). Résultat : T-shirts, posters, tasses à café et même un culte underground persistent encore aujourd'hui.

Ted Bundy : Le tueur au sourire ravageur. Son charisme était si magnétique que des fans en furie remplissaient les bancs de la cour pendant son procès, espérant... l'épouser.

Aujourd'hui encore, Bundy est la star incontestée du "true crime" avec des dizaines de films, de documentaires, et de séries.

OJ Simpson : Coupable ? Innocent ? Peu importe :

L'Amérique s'est ruée sur le procès du siècle comme sur le dernier iPhone. Jusqu'à sa mort, OJ vendait des autographes à 500 dollars pièce et tweetait tranquillement sur la vie, l'amour... et le golf.

Chiffres consternants :

70 % des tueurs en série américains ont ou ont eu un fan-club.

Après la tuerie de Columbine, la vente de trench coats noirs a bondi de 300 %.

62 % des adolescents américains connaissent mieux Charles Manson que Martin Luther King.

Marchandisation du sang :

Sites de vente spécialisés dans les objets personnels ayant appartenu aux tueurs (lettres, dessins, vêtements).

T-shirts "Columbine High School Shooting Team" (École de tir du lycée Columbine) vendus sous le manteau.

Romans et BD glorifiant les pires massacres comme autant de légendes urbaines.

"Call of Duty" sponsorisé par des marques réelles d'armes (FN Herstal, Remington).

Fusils semi-automatiques en édition spéciale "chasseur de zombies" vendus après la sortie de "The Walking Dead".

"Aux USA, même les fusils ont des agents artistiques."

"Le crime ne paie pas... sauf en droits d'auteur."

« Le rêve américain n'est pas mort, il est juste criblé de balles. »

1.19 Films, séries et jeux vidéo : le marché US fait de la violence un business en or, glorifiant survie et fusillades en prime time.

Quand la violence devient une marque déposée :

En Amérique, la célébrité ne s'achète pas seulement avec des millions, mais aussi avec des munitions. Plus votre crime est spectaculaire, plus votre nom s'imprime en lettres de feu dans l'inconscient collectif.

Aux États-Unis, la violence n'est pas une anomalie. C'est une industrie. C'est même l'une des exportations culturelles les plus lucratives depuis Elvis Presley.

Quand Hollywood vend du rêve, c'est souvent en calibre 9 mm. L'Amérique a su transformer la fusillade en un art du divertissement, exporté et consommé comme des hamburgers XXL.

Chaque blockbuster d'action digne de ce nom compte désormais une moyenne de 1 mort par minute de film.

Le héros américain n'est pas un négociateur : c'est un nettoyeur.

Dans "John Wick" (2014-2019), Keanu Reeves exécute 299 personnes... pour venger un chien.

"Rambo" pulvérise 236 ennemis en 91 mn, soit 2,6 morts par mn.

Séries télé : binge-watch de la baston : "The Punisher", "24h Chrono", "Breaking Bad" : moralité optionnelle, arme obligatoire.

Scénarios récurrents : si tu es en danger, mieux vaut connaître l'adresse d'un armurier que d'un avocat.

Jeux vidéo : entraînement intensif grand public :

"Call of Duty" et "Fortnite" enseignent la visée rapide mieux que certains cours de tir militaire.

"Grand Theft Auto" : simulateur libre de braquages, assassinats et carnages urbains.

Les ventes de jeux de tir représentent plus de 30 % du marché vidéoludique américain.

Chiffres qui flinguent :

68 % des adolescents américains jouent régulièrement à des jeux vidéo incluant des scènes de fusillade.

Plus de 200 jeux de tir grand public vendus rien qu'en 2023.

L'agresseur de Parkland (2018) s'entraînait avec des jeux de tir à la première personne.

Le tueur de Christchurch (2019) a diffusé son attaque comme une "partie en live", inspiré des streamings de jeux.

"Ici, une bonne soirée entre amis finit en fusillade... sur console ou en vrai."

Le cinéma américain glorifie la violence depuis la première bobine.

De "Scarface" (1932, puis 1983) à "John Wick" (2014-2019), tuer à l'écran est un business aussi respectable que vendre du dentifrice.

Quentin Tarantino a construit un empire entier sur des geysers de sang stylisés.

Des armes réelles sont directement promues via des jeux vidéo : la FN SCAR, la M4 Carbine, le Desert Eagle.

Après la sortie de "Call of Duty : Modern Warfare", les ventes d'armes type AR-15 ont augmenté de 32 % aux USA.

La violence, un produit comme les autres :

Armes de collection "Zombie Apocalypse" avec motifs phosphorescents.

Fusils rose bonbon "pour femmes actives".

Gilets pare-balles Mickey Mouse pour enfants.

Exemples absurdes récents :

Après la tuerie de Buffalo (2022), un magasin de sport voisin a lancé une promo : "Deux fusils semi-automatiques pour le prix d'un".

Après la fusillade de Parkland (2018), les ventes d'armes semi-automatiques en Floride ont augmenté de +50 %.

1.20 La vie en mode bunker : paranoïa et blindage domestique

Sortir de chez soi est devenu une épreuve de courage, et rester chez soi ressemble à un plan d'évasion permanent. Le pays a perfectionné l'art de se barricader mieux que n'importe quelle forteresse.

L'industrie de la sécurité : alarmes, blindages et profits XXL

Quand la paranoïa est devenue une valeur boursière. Face à une population armée jusqu'aux dents et terrorisée par son propre voisin, le business de la sécurité ne s'est pas contenté de fleurir : il a explosé façon feu d'artifice sous stéroïdes.

Chiffres bétonnés :

Le marché américain de la sécurité domestique a dépassé les 60 milliards de dollars en 2023.

1 Américain sur 4 possède désormais un système d'alarme connecté.

Après chaque fusillade médiatisée, les ventes de caméras de sécurité et de systèmes de verrouillage explosent de 25 à 50 % en quelques jours.

Croissance parallèle du marché des armes à feu ET de la protection contre... ces mêmes armes.

Ce qu'on vend à la peur :

Systèmes d'alarme résidentiels (ADT, SimpliSafe, Ring) installés même dans des lotissements paumés.

Portes blindées dernier cri avec reconnaissance faciale pour éviter de répondre à un livreur trop louche.

Fenêtres pare-balles pour maisons individuelles (parce que "on ne sait jamais").

Boutons de panique reliés directement aux polices locales.

Exemples délirants mais réels :

Entreprises spécialisées en blindage de chambres d'enfants (coût : entre 8 000 $ et 20 000 $ par pièce).

Programmes d'abonnement à alertes instantanées pour prévenir d'une fusillade à moins de 5 kilomètres.

Punchlines blindées :

"En Amérique, on ne construit plus des maisons : on construit des bunkers avec des cuisines."

"La seule chose plus rapide qu'une balle ? Le débit de ta carte bleue après une fusillade locale."

Plus de 8 millions d'Américains vivent dans des quartiers résidentiels privés, murs d'enceinte, gardes armés, caméras partout.

En Arizona, il existe même des lotissements entièrement conçus pour résister à une attaque armée ou chimique.

La maison, nouveau bunker familial :

Bunkers personnels en béton enterrés sous les jardins suburbains : certains modèles haut de gamme proposent piscine intérieure et salle de fitness... à 4 mètres sous terre.

La paranoïa du voisinage : Si votre voisin installe un bunker, vous vous sentez obligé d'en installer un aussi. Par peur... de sa peur.

Concours implicite : qui aura le générateur, la citerne d'eau et le stock de munitions le plus complet ?

Types de peur qui motivent le blindage généralisé :

Peur des cambriolages... mais aussi peur du voisin.

Peur des gangs... et peur de l'ado d'en face.

Peur des sans-abris... et même peur de la police.

Peur des "fausses livraisons", peur des "mauvaises plaques d'immatriculation", peur de TOUT ce qui pourrait approcher à moins de 50 mètres de la clôture.

POSTE
POSTE
POSTE

Chiffres blindés :

23 % des foyers ont au moins une arme "à portée immédiate" .

11 % des propriétaires d'armes déclarent avoir "fortifié" leur domicile au-delà de simples serrures.

Exemples absurdes mais vrais :

Un promoteur du Texas vend des maisons avec "panic room" équipée de 2 fusils d'assaut, incluse dans le prix.

En Utah, certaines agences immobilières listent la présence d'un abri nucléaire comme critère de plus-value.

"La peur : l'unique marchandise garantie sans date de péremption."

Le barbecue du dimanche peut ainsi virer au stand de tir improvisé pour un regard de travers.

Statistiques de la paranoïa : 12 % des Américains avouent avoir déjà "pointé une arme" sur quelqu'un par simple précaution.

1 Américain sur 4 pense qu'il sera impliqué dans une situation nécessitant l'usage d'une arme à feu au cours de sa vie.

Exemples absurdes mais dramatiques :

2022, Kansas : un adolescent abattu après avoir sonné à la mauvaise porte.

2023, Texas : une maman tuée en livrant par erreur un colis à la mauvaise adresse.

1.21 Quand l'Amérique rêve d'Apocalypse : survivalistes, milices et prophètes de l'effondrement

Aux États-Unis, la fin du monde n'est pas un concept abstrait : c'est une option de weekend. Pourquoi préparer un barbecue quand on peut préparer l'Armageddon dans son jardin ?

Les survivalistes modernes : Plus de 15 millions d'Américains se définissent comme "préparateurs" (preppers) en 2024.

Stockage massif : nourriture déshydratée, générateurs solaires, armes, munitions, filtres à eau à gravité.

Magazines spécialisés comme Survive !, OffGrid ou American Survival Guide vendent des stratégies pour "prospérer après l'effondrement".

Milliers de groupes anti-gouvernement, de milices suprématistes, de survivalistes extrémistes : chacun sa version du chaos.

Entraînements paramilitaires dans des ranchs isolés : maniement tactique d'armes lourdes, survie en milieu hostile, guérilla urbaine.

Prophètes de l'effondrement :

Influenceurs survivalistes engrangent des millions de vues sur YouTube : "Comment purifier l'eau avec une chaussette et un Glock".

Cours privés : "Comment survivre 30 jours sans Internet… et sans lois" (coût moyen : 2 500 $).

Rumeurs constantes : vaccins zombifiants, gouvernements sataniques, guerres civiles inévitables.

Exemples apocalyptiques absurdes (mais véridiques) :

Vente de bunkers souterrains de luxe avec spa, potager hydroponique et salle de tir privée.

Amazon propose des kits "Anti-nucléaire" incluant pastilles d'iode, combinaisons NBC et masques à gaz familiaux.

Kit de survie pour chiens et chats avec croquettes "garantie de conservation 25 ans".

Chiffres frappants :

42 % des Américains pensent qu'une guerre civile est probable dans les 10 prochaines années (Ipsos, 2023).

37 % pensent qu'ils devront utiliser une arme pour protéger leur famille lors d'un effondrement sociétal.

"Aux USA, ton voisin ne t'invite plus à un barbecue : il te recrute pour sa milice."

"L'Amérique : où la fin du monde est un business plus rentable que la fin du mois." Conclusion : paranoïa, la première religion nationale

Aux États-Unis, la peur n'est plus un réflexe de survie : c'est une foi, un mode de vie, un business à plusieurs milliards de dollars. À l'église, on prie pour la paix ; à la maison, on nettoie son AR-15.

Pourquoi cette religion de la peur perdure :

Un marketing omniprésent : "Sans protection, vous êtes mort."

Une politique polarisée : "L'autre camp veut votre destruction."

Une industrie d'armement civile qui pèse plus lourd que celle de nombreux pays entiers.

1.22 : Le grand bazar législatif - comment légaliser la folie

Lois religieuses et tueuses : libertés assassinées

Bénies soient les balles, maudites soient les femmes

Quand la théologie s'invite au Parlement, le bon sens fait ses valises. Aux États-Unis, certains textes d'inspiration religieuse sont devenus des armes législatives pointées contre les droits fondamentaux.

Alabama : garder sa fausse moustache pour faire rire, très mauvais pour l'âme – et pour la loi ! Porter une moustache factice à l'église et provoquer des éclats de rire peut toujours valoir une amende.

Oklahoma : blasphémer en public ? Un classique toujours facturé.

Refus de financer la recherche sur les cellules souches embryonnaires.

Mouvements anti-évolution, anti-vaccin, anti-médecine moderne alimentés par des prêches et des lobbies religieux.

Tennessee, 2023 : interdiction d'enseigner l'évolution sans "discussion équitable" avec la création biblique.

Arkansas : campagnes religieuses locales contre la vaccination contre le HPV (cancer du col de l'utérus), accusée de "promouvoir la débauche".

Depuis Dobbs v. Jackson (2022), 14 États interdisent totalement l'avortement, sans exception pour viol ou inceste.

Idaho : toute personne pratiquant ou aidant un avortement risque 2–5 ans de prison + perte définitive de son permis professionnel.

28 États restreignent la pilule abortive , classification en « substance dangereuse contrôlée » ; toute simple possession devient suspecte

.Louisiane : une femme accusée de tentative d'homicide pour avoir acheté des pilules abortives en ligne.

Texas : en 2023, trois femmes évacuées hors de l'État pour fausses couches non assistées, faute de soins adaptés.

ADF (Alliance Defending Freedom) milite pour bannir la GPA.

Louisiane, Michigan, Nebraska : interdiction historique ou récente de la GPA rémunérée, passibles de peines de prison pour tout contrat au-delà du simple remboursement des frais.

1.23 Le retour de Trump : plus extrême, ou simple répétition ?

Nouveaux décrets anti-avortement, rétablissement le 24 janvier 2025 du « Global Gag Rule » (interdiction de financer les ONG informant sur l'avortement).

Gel du financement fédéral pour l'avortement électif

Pressions sur la FDA pour durcir l'accès à la mifépristone (fin de la télé-consultation).

Peines de prison

Encouragement aux États à durcir les sanctions (Idaho, Louisiane).

Avortements clandestins

Hausse des pratiques « do-it-yourself » et recours aux voyages sanitaires hors des États restrictifs.

Cour suprême : toujours très « conservateurs bibliques »

6 juges conservateurs issus de traditions catholiques ultra-traditionnelles, alliés à des réseaux de Nationalistes chrétiens.

Gouvernement Trump : un agenda encore plus « ligne dure »

Nominations à la Santé et à la Justice choisies pour verrouiller les droits reproductifs.

Projets fédéraux visant à interdire avortement et contraception au niveau national.

« Quand ton sénateur croit que la Terre a 6 000 ans, attend-toi à une médecine du Moyen Âge. »« La main qui bénit est souvent la même qui verrouille ta liberté. »

1.24 Âges légaux débiles : arme oui, bière non, cerveau optionnel

Aux États-Unis, l'âge légal pour diverses activités est un labyrinthe d'absurdités ; Petit tour d'horizon d'une logique plus tordue qu'un ressort de Colt 45.

Comparer pour désespérer :

Acheter un fusil semi-automatique : 18 ans.

Acheter une bière : 21 ans.

Voter à une élection présidentielle : 18 ans.

Louer une voiture sans majoration jeune permis : 25 ans.

Mariage des enfants :

Se marier avec consentement parental : 16 ans (voire 14 ans dans certains États du Sud).

Consentir légalement à une relation sexuelle : 16 ans (variable selon les États).

Mariage d'enfants : légal dans 43 États ; parfois dès 12 ans avec accord parental.

Anecdote : en 2018, un mariage d'une fillette de 11 ans fut légalement enregistré dans le Tennessee.

Accéder librement à un contraceptif d'urgence : parfois... après 18 ans, voire avec ordonnance !

D'autres joyaux législatifs :

États tolérant la polygamie sous couvert religieux (Utah, Arizona).

En Arkansas, un mineur peut légalement posséder une arme de chasse à 14 ans.

Dans plusieurs États, l'âge minimum pour porter une arme cachée est 18 ans... mais pour acheter des cigarettes : 21 ans.

Aller en prison comme adulte : dès 17 ans au Texas.

Effets concrets :

Un ado peut porter un AR-15 pour "se protéger", mais ne pas acheter un energy drink contenant trop de caféine.

Un jeune peut être envoyé en Afghanistan avec un fusil d'assaut mais ne pas pouvoir acheter de bière en rentrant au pays.

Aux États-Unis, porter une arme partout n'est pas un fantasme dystopique : c'est la réalité législative. Salles de classe, bars pleins de fêtards, églises en pleine messe : tout est prétexte à exhiber son calibre.

Les écoles armées : 32 États autorisent certains adultes à porter des armes dans les établissements scolaires.

Dans plusieurs districts, les enseignants volontaires peuvent suivre une formation express (24 h seulement) pour être armés en classe.

Exemples réels : Au Texas, un programme "Guardian" propose aux enseignants de porter un Glock 9 mm... entre deux cours d'histoire.

Les bars : ivresse et roulette Russe

21 États autorisent le port d'armes dans les bars, même dans les établissements servant de l'alcool.

En Arizona, vous pouvez siroter un whisky avec un revolver sous la veste, à condition de ne pas "être ivre au point d'être incapable de contrôler son arme" (très pratique à évaluer après trois shots).

Chiffres lourds :

63 % des Américains considèrent que porter une arme dans une école rend l'environnement "moins sûr".

Pourtant, 27 % pensent qu'armer les professeurs est une bonne idée contre les fusillades.

Punchlines spirituelles :

"Aux USA, même Jésus hésiterait à franchir la porte d'une église sans gilet pare-balles."

"Un Martini dans une main, un Glock dans l'autre : l'art de vivre américain."

1.25 Lobbies et corruption : acheter un sénateur est plus simple qu'acheter un AR-15

Aux États-Unis, le marché des armes prospère surtout grâce à un lobbying tentaculaire, capable de faire plier n'importe quel politicien à coups de dollars bien sentis.

Le grand manège du lobbying :

La NRA (National Rifle Association) a dépensé plus de 250 millions de dollars en lobbying sur la dernière décennie.

En 2022, la NRA a investi plus de 30 millions dans les élections fédérales.

Chaque année, des "dîners pour les armes" permettent aux fabricants d'armes d'acheter de l'influence à prix réduit, tout en dégustant du poulet frit.

Combien coûte un politicien ?

Prix moyen pour obtenir un soutien public d'un sénateur sur une loi pro-armes : entre 10 000 $ et 50 000 $ en contributions directes.

Certains élus reçoivent des "grades" de la NRA : A+ pour ceux qui s'opposent à toute restriction sur les armes.

Exemples croustillants :

Après chaque fusillade de masse, les ventes d'armes explosent... et les dons au lobby des armes avec.

90 % des Américains soutiennent des vérifications d'antécédents universelles, mais seulement 50 % des sénateurs votent en ce sens. Cherchez l'erreur.

Autres influenceurs lourds :

Gun Owners of America (GOA) : extrémistes, contre toute régulation.

Firearms Policy Coalition : promeut la possession d'armes automatiques pour "lutter contre la tyrannie".

Chiffres corrompus :

Environ 3 lobbyistes pro-armes pour chaque membre du Congrès.

Moins de 8 % des lois sur le contrôle des armes proposées aboutissent à un vote positif.

Punchlines dorées :

"Aux USA, un AR-15 coûte 800 dollars. Un sénateur, un peu plus... mais il tire aussi dans ton intérêt."

"Quand un fusil parle, les billets applaudissent."

Conclusion : Légaliser la folie, sport national américain.

Après ce grand tour d'horizon de la loi à la sauce barbecue et barillet, une chose est claire : aux États-Unis, la folie n'est pas combattue. Elle est encadrée, réglementée, protégée... et souvent promue avec enthousiasme.

Ce que nous avons appris : Il est plus simple d'acheter une arme que d'ouvrir un compte bancaire.

L'âge légal pour tuer légalement est plus bas que celui pour commander un mojito.

Les écoles sont devenues des champs de tir optionnels.

Les bars sont des rodéos alcoolisés sous Glock.

Les églises bénissent plus de fusils que de fidèles.

Et au Congrès, chaque billet vert a la forme d'une balle.

La schizophrénie américaine résumée :

Pro-vie pour les embryons, pro-mort pour tout ce qui bouge.

Liberté absolue de tirer, liberté relative de survivre.

Punchlines finales :

"Aux États-Unis, il ne faut pas viser la lune : viser juste est déjà un exploit."

"Le rêve américain : liberté, égalité, fusillade."

Chapitre 2 : Dieu, armes et délire collectif – La religion au service de la bêtise meurtrière

2.1 La Bible et le barillet : quand la foi bénit les fusils

Aux États-Unis, Dieu est partout : sur les billets de banque, dans les tribunaux, dans les serments officiels... et surtout dans les holsters.

Les chiffres de la foi armée :

65 % des Américains se déclarent religieux (Pew Research, 2023).

Plus de 200 dénominations chrétiennes , Ajoutez à cela l'islam, le judaïsme, l'hindouisme, le bouddhisme, les mouvements New Age et autres sectes exotiques.

Religions made in America , fondées par des charlatans.

Mormonisme (fondé par Joseph Smith après avoir "découvert" des plaques d'or invisibles).

Scientologie (par L. Ron Hubbard, auteur de science-fiction reconverti en gourou).

Témoins de Jéhovah (prédicateurs de l'Apocalypse imminente depuis... 1870).

2.2 Quand le prêche vire au braquage :

Prédicateurs millionnaires volant en jets privés (Creflo Dollar, Kenneth Copeland...)

Méga-églises qui brassent des centaines de millions de dollars par an tout en étant exemptées d'impôts.

Marchands d'espoir vendant des "packs de guérison divine" 999 $

Lignes téléphones gratuites "priez et payez" ; Pour chaque appel, une prière personnalisée... et un prélèvement bancaire automatique.

Télévangélistes expliquant qu'ils "ont besoin d'un jet privé pour mieux répandre la parole divine", tout en s'achetant des Rolex et des villas à Palm Beach.

Déductions fiscales massives pour les dons religieux, même pour des institutions prônant ouvertement la haine.

Plus de 120 milliards de dollars de pertes fiscales par an à cause des exemptions religieuses.

Salaires de pasteurs stars : jusqu'à 1 million de dollars par an sans parler des "avantages en nature" (voitures de luxe, villas, jets privés, croisières "missionnaires").

2.3 Religion officielle et hypocrisie sacrée :

"In God We Trust" est la devise officielle des États-Unis depuis 1956.

Obligation de prêter serment sur la Bible au tribunal (mais pas sur la Constitution).

Les scandales "divinement" camouflés :

Affaires massives de pédophilie dans l'Église catholique (plus de 17 000 victimes recensées aux USA).

Télévangélistes poursuivis pour détournement de fonds, achats de prostituées, drogues et casinos.

Pasteurs déchus après scandales sexuels avec fidèles mineures, employés de paroisse et affaires d'abus massifs couverts par l' église.

Communautés fanatiques fermées couvrant des abus sexuels, violences physiques et fraudes massives sous couvert de "protection spirituelle".

Punchlines saintement assassines :

"Aux USA, Dieu bénit l'Amérique... mais facture des frais de dossier."

"La foi : un business plus rentable que la cocaïne, avec moins de risques légaux."

"Le paradis est pavé de dons défiscalisés."

"Au paradis des prédicateurs, chaque péché est une opportunité de levée de fonds."

2.4 Fanatisme et interdits mortels : la médecine, l'avortement, la science sacrifiées

La religion n'est pas seulement un frein au progrès : c'est une arme létale contre la médecine, la science et contre le simple bon sens.

Le refus médical sanctifié :

Témoins de Jéhovah : refus des transfusions sanguines, même pour sauver des enfants.

Communautés chrétiennes fondamentalistes : rejet de la vaccination, des antibiotiques, et des soins d'urgence.

Résultat ? Chaque année, des dizaines d'enfants meurent de maladies parfaitement évitables.

L'avortement diabolisé jusqu'à l'absurde :

Depuis la révocation de Roe v. Wade (2022), 14 États ont totalement interdit l'avortement, même en cas de viol ou d'inceste.

En Louisiane, un embryon de six semaines (de la taille d'une lentille) bénéficie d'une protection légale supérieure à celle d'une femme vivante.

Des médecins risquent aujourd'hui jusqu'à 99 ans de prison pour avoir sauvé des patientes en danger vital.

2.5 Science sacrifiée sur l'autel des croyances :

Idaho : tentative de rendre illégal tout transport d'une mineure hors de l'État pour avortement sans consentement parental, même en cas d'inceste.

Chiffres terrifiants :

40 % des Américains croient que Dieu a créé les humains "tels quels" il y a environ 6000 ans.

Environ 30 % de la population doute de l'efficacité des vaccins modernes.

Punchlines d'apocalypse :

"Aux USA, prier pour une guérison est parfois plus meurtrier que la maladie."

"Le problème n'est pas que Dieu ait créé le monde, c'est que certains veulent gérer la médecine avec la Genèse comme manuel."

2.6 Les églises bunkers : prières blindées et paroissiens armés

Quand on pense "église", on imagine une nef silencieuse, des chants angéliques, et quelques cierges vacillant sous les voûtes. Aux États-Unis, il faut ajouter quelques AR-15 dissimulés sous les aubes et des Glock planqués dans les missels.

La religion en mode combat :

37 États permettent de porter une arme dans un lieu de culte.

Plusieurs congrégations recommandent activement à leurs fidèles de venir armés.

Des "security ministries" : des équipes armées composées de paroissiens formés au tir et à la surveillance.

Les églises : "Dieu est amour, mais j'ai un Glock au cas où"

Des congrégations proposent des cours de tir pour paroissiens.

Exemples délirants :

2019, Texas : fusillade dans une église, arrêtée par... un fidèle armé qui a dégainé plus vite que le tireur.

En Floride, les évêques recommandent de "venir prier armés".

Exemples saints mais armés :

Alabama : cours de self-défense spirituelle... incluant l'apprentissage du tir au pistolet semi-automatique.

Floride : église proposant un "jour de bénédiction des armes" où l'on bénit tout pistolets, carabines et fusils d'assaut.

La paranoïa sanctifiée :

Certaines méga églises disposent de détecteurs de métaux et de patrouilles armées internes.

Formation de "prêtres tireurs d'élite" capables de neutraliser un assaillant tout en citant les Psaumes.

Publicités : "Venez prier, repartez formé pour riposter !"

Chiffres évangéliques :

62 % des Américains soutiennent l'idée que les lieux de culte devraient avoir leur propre équipe de sécurité armée.

Plus de 100 cours de "Formation sécurité église " certifiés existent à **travers le pays.**

Punchlines divinement blindées :

"Aux USA, quand on dit 'Paix sur Terre', il faut préciser : armée jusqu'aux dents."

"Un fusil dans la nef, un flingue dans la sacristie : que votre foi soit en acier trempé."

Si vis pacem, para bellum Qui veut la paix , prépare la guerre …

2.7 Quand croire tue : tragédies liées aux superstitions religieuses

Quand la foi aveugle devient une arme de destruction massive contre la raison, la science... et les vies humaines.

Superstitions mortelles : Refus de soins médicaux pour des maladies curables, au nom de la "volonté divine".

Prières collectives pour "chasser les démons" responsables du cancer... pendant que le patient agonise.

Bébé mourant de pneumonie : parents poursuivis pour avoir préféré la prière aux antibiotiques.

Idaho : depuis 2010, au moins 183 enfants sont morts dans des communautés "faith healing" (guérison par la foi) qui refusent toute médecine.

Pennsylvanie, 2018 : deux parents arrêtés après la mort de leur nouveau-né prématuré, faute de soins car "Dieu déciderait".

Les miracles... de l'arnaque :

Pasteurs escroquant des fidèles malades avec des "eaux bénites" à 300 dollars la bouteille.

Évangélistes promettant des guérisons miracles contre d'obscures donations Paypal.

Fidèles en danger : Les sectes ultra-religieuses prônent souvent l'abandon de toute protection médicale : ni contraception, ni traitement, ni suivi médical prénatal.

Résultat : explosion des morts par maladies infantiles, complications d'accouchements, infections banales.

Les enfants sacrifiés sur l'autel de la croyance :

70 % des morts liées aux refus de soins religieux concernent des enfants de moins de 12 ans.

Nombre de ces décès serait réduit de 90 % avec des soins médicaux de base.

"Le seul miracle avéré : convaincre des parents d'enterrer un enfant au nom de la foi."

Loin de n'être qu'un refuge spirituel, la religion aux États-Unis s'est transformée en une machine à canoniser la peur, sanctifier la violence et justifier les absurdités mortelles. Quand prier ne suffit plus, beaucoup préfèrent désormais tirer en son nom.

La grande hypocrisie divine : Des sermons prônant la paix... entre deux tirs de semi-automatique bénis.

Des pasteurs bénissant des armes tout en vendant des kits de survie apocalyptique, des fidèles persuadés que Jésus lui-même aurait porté un M16 s'il était revenu.

Le business de la peur religieuse :

Séminaires de "préparation spirituelle" facturés 2 000 dollars la session, incluant le maniement d'armes de guerre.

Vente d'accessoires religieux : bibles blindées, chapelets pare-balles.

Camps évangélistes enseignant aux enfants à prier... et à tirer sur cible mouvante.

Conséquences funestes : Plus d'églises attaquées et armées que jamais dans l'histoire moderne.

Confusion grandissante entre foi, nationalisme extrême et violence sanctifiée.

"Prier pour la paix est un acte de foi. Venir armé au sermon, une garantie."

Chapitre 3 : La gastronomie du désastre – Fast-foods, OGM et autres poisons américains

3.1 Le règne de la malbouffe : burgers, sodas et obésité nationale

Aux États-Unis, la gastronomie est un art subtil consistant à insérer le maximum de sucre, de sel et de gras dans le plus petit volume possible. Résultat : une nation où le surpoids est devenu une norme culturelle plus qu'un problème de santé.

Chiffres consternants :

42 % des adultes américains sont obèses (CDC, 2023).

1 enfant sur 5 est obèse avant l'âge de 12 ans.

Le top 3 du menu quotidien :

Burger triple fromage supplément bacon (1 300 calories cool).

Soda format "small" contenant 0,5 litre de sirop de maïs concentré.

Portion "normale" de frites : 600 calories, deux bains d'huile.

Pourquoi autant de malbouffe ?

C'est omniprésent : plus de fast-foods que de bibliothèques.

C'est addictif : sucre, gras et sel stimulent les mêmes zones cérébrales que la cocaïne.

Conséquences sur la santé :

Explosion des cas de diabète de type 2, y compris chez les ados

Hypertension et maladies cardiovasculaires dès 25 ans.

Diminution de l'espérance de vie dans plusieurs États du Sud.

Punchlines digestives : "Le seul régime national : salé, sucré, frit."

"Aux USA, ton assiette est une bombe calorique à retardement."

"Un enfant américain a plus de chances de connaître Ronald McDonald que Charles Darwin."

3.2 La gastronomie du désastre - Fast-foods, OGM et autres poisons

OGM, hormones, antibiotiques : bienvenue dans l'agro-chimie

Si vous pensez qu'un burger dégoulinant est le sommet de l'horreur alimentaire, attendez de découvrir ce qui se cache dans les coulisses agricoles américaines : un cocktail de manipulations génétiques, d'hormones de croissance et d'antibiotiques servis sans modération.

90 % du maïs et du soja cultivés sont O.G.M. Objectif officiel : résistance aux herbicides. Objectif réel : maximiser les profits en asphyxiant les petites fermes.

Hormones et antibiotiques dans votre assiette :

Le bœuf américain est souvent dopé aux hormones de croissance (interdit dans l'Union européenne depuis 1989).

Les élevages industriels gavent les animaux d'antibiotiques pour accélérer leur croissance et éviter les épidémies... provoquées par des conditions d'élevage immondes.

Résultat ? Résistances bactériennes généralisées : bienvenue dans l'ère post-antibiotiques.

Ce que vous mangez vraiment :

Des steaks contenant plus de résidus hormonaux qu'un laboratoire pharmaceutique.

Du poulet « enrichi » aux antibiotiques, vendu comme "naturel".

Des produits laitiers boostés aux hormones pour maximiser la lactation des vaches.

Conséquences sanitaires :

Apparition de bactéries super-résistantes (MRSA) tuant des milliers d'Américains chaque année.

Punchlines génétiquement modifiées :

"Aux USA, même ta salade a plus d'ADN modifié qu'un film de science-fiction."

"Vous êtes ce que vous mangez : bienvenue dans le Jurassic Pork."

3.3 Les dégâts invisibles : hormones, obésité des pauvres et agriculture toxique

Effets secondaires des hormones alimentaires :

Puberté précoce : chez les filles, apparition des règles dès 8 ans.

Développement mammaire anormal chez les très jeunes filles... et même chez certains garçons (gynécomastie).

Augmentation des risques de cancers hormono-dépendants : sein, utérus, prostate.

Bébés de plus de 7 kg à la naissance, majoritairement dans des contextes d'obésité maternelle.

Record morbide : Jon Brower Minnoch : Américain pesant 635 kg à son pic, un des cas les plus extrêmes jamais enregistrés.

Génétique modifiée : Sélection alimentaire vers toujours plus de sucre, de sel, et de matières grasses. Effet sur plusieurs générations

Suspicion forte de liens entre consommation massive d'hormones et cancers hormono-dépendants (sein, prostate).

3.4 Santé des agriculteurs : l'autre facture cachée

Les agriculteurs exposés aux pesticides aux USA présentent des taux de cancers de la peau, de la prostate et du lymphome non hodgkinien bien plus élevés que la moyenne nationale.

Seulement 6 % des surfaces certifiées bio, (+ de 15 % en Europe.)

3.5 Pourquoi les pauvres sont-ils plus obèses que les riches ?

Fast-foods vs alimentation saine : la guerre du portefeuille

Dans le grand marché américain, manger sainement est un luxe, pendant que la malbouffe est promue comme un droit fondamental.

Le coût de l'alimentation saine :

La junk food est moins chère : un menu complet bourré de calories coûte moins cher qu'une simple salade bio. Celle ci coûte en moyenne 8 $ contre 1,50 $ pour un burger bas de gamme.

Un litre de soda est moins cher qu'un litre de lait bio.

Dans les "food deserts" urbains (zones sans accès à des produits frais), 80 % des calories achetées proviennent d'aliments transformés.

Accessibilité économique : Le prix moyen du panier bio est 2,5 fois plus élevé que celui du conventionnel.

Avec le salaire minimum fédéral (7,25 $ /Hr) il est plus évident d'acheter frites surgelées et cola que des légumes et des fruits frais.

Les "déserts alimentaires" : vastes zones urbaines sans accès à des produits frais.

Le stress économique chronique favorise les comportements alimentaires compulsifs.

3.6 Viande trafiquée, et autres joyeusetés du menu quotidien.

Quand votre robinet devient une arme chimique et votre steak haché ressemble plus à un cocktail de laboratoire qu'à un produit naturel...

La viande de Frankenstein :

Viande "traitée" à l'ammoniaque pour tuer les bactéries, rebaptisée pudiquement "**pink slime**". (interdit en Europe)

Bœuf reconstitué à partir de fragments de muscles et de tendons.

Présence fréquente salmonelle et E.coli dans la viande .

Entre 2010 et 2024, on dénombre désormais plus de **2 500 rappels alimentaires majeurs** aux États-Unis ; Quelques exemples :

- **Bactéries et parasites :**
    - **2018**, JBS Tolleson (Arizona) a rappelé **12 093 271 livres** (~ 5 490 tonnes)) de bœuf haché, pour Salmonella
    - **2022** : rappel massif de glaces et crèmes glacées contaminées à la *Listeria monocytogenes* (Mövenpick, Tillamook…)

- **2021** : épidémie de *Salmonella* liée à plusieurs marques de purées d'arachide et beurres de noix

  - **2020** : contamination à la *Cyclospora cayetanensis* dans des salades emballées

- **Métaux lourds et toxiques** :

  - **2023** : PFAS (« produits chimiques éternels ») dans des charcuteries de dinde, accusées de dépasser les seuils

  - **2021–2022** : rappels de bonbons importés chargés en plomb et arsenic (spécialités mexicaines, délices à la noix de coco)

- **Additifs et produits chimiques** :

  - **2023** : rappels de poulet traité à l'oxyde d'éthylène (agent de conservation toxique)

  - **2020** : lot de farines enrichies trop dosées en vitamines A et D, responsables de brûlures gastro-intestinales

- **Viandes avariées ou mal étiquetées** :

  - **2022** : boîtes de bœuf haché rappelées pour présence de *E. coli* O157 :H7

  - **2021** : lots de porc fumé crus contaminés à la *Yersinia enterocolitica*

En somme, le « poison » vient tout autant des germes pathogènes que des molécules chimiques ou des métaux lourds, et aucun segment alimentaire (laitier, charcuterie, fruits-légumes, produits importés) n'est à l'abri.

Punchlines radioactives :

"Aux USA, même l'eau bénite demande un test chimique."

"Manger un steak , c'est tenter sa chance au loto bactérien."

"Le seul élément bio dans ton hamburger ? La salmonelle."

Marketing toxique :

Les fast-foods dépensent 1,6 milliard de dollars par an en publicités ciblant les enfants.

La publicité pour la junk food est 10 fois plus présente dans les quartiers pauvres que dans les quartiers riches.

Le cercle vicieux :

Obésité → Maladies chroniques → Factures médicales démentielles → Pauvreté aggravée → Malbouffe encore plus prédominante.

Punchlines pleines de gras trans :

"Aux USA, manger sainement est un privilège de riche, pas un droit humain."

"Plus ton portefeuille est vide, plus ton assiette déborde de gras."

"Pourquoi lutter contre l'obésité quand elle fait tourner l'économie médicale ?"

Punchlines super-size :

"Aux USA, même les cercueils doivent être en taille XXL."

"Manger un burger octuple pontage, c'est sauter l'étape de l'hôpital."

3.7 Portions XXL, records grotesques, exportation du poison

La folie des portions : Taille moyenne d'un soda : 0,9 litre.

Portion de frites "large" = 3 portions standards européennes.

Menu triple bacon cheese burger + milkshake = jusqu'à 3 500 calories d'un coup.

Nabi
Coca-Cola
Coca-Co
urfies
arfies

Heart Attack Grill Las Vegas : temple du décès gastronomique :

Les clients de plus de 160 kilos y mangent gratuitement. , ce restaurant propose des "Octuple pontage Burgers" (**20 000 calories**). Infarctus assuré. (Deux clients y sont morts sur place en plein repas)

3.8 Exportation de la malbouffe :

McDonald's : plus de 38 000 restaurants dans 120 pays.

Coca-Cola vendu dans plus de 200 pays. KFC, Pizza Hut, Burger King : roissance continue sur les marchés émergents.

Les ingrédients secrets : interdits en Europe encore utilisés aux USA.

Colorants artificiels (ex : Red 40, Yellow 5).

Conservateurs puissants (BHA, BHT) classés comme potentiellement cancérigènes en Europe.

Arômes artificiels "naturels" n'ayant parfois aucun lien avec les ingrédients naturels annoncés.

3.9 Vendre du burger pour vendre du médicament

Propager la junk food à l'échelle mondiale, business modèle diabolique ?

Créer des populations obèses, et ensuite leur vendre médicaments, traitements, opérations chirurgicales.

Les Big Pharma réalisent des profits énormes (traitements contre le diabète, hypertension, maladies cardiovasculaires)

Coûts de santé de l'obésité aux USA : 190 milliards de dollars / an

L'obésité réduit la productivité au travail de 30 %.

1 $ dépensé en malbouffe génère 3 $ de dépenses médicales.

"Ton menu Happy Meal est ton premier abonnement santé."

Trump, ambassadeur du gras : Donald Trump pèse officiellement plus de 120 kg pour 1m90, ce qui le classe médicalement en obésité.

Il est connu pour consommer régulièrement McDonald's, KFC et Coca-Cola Light.

Il a mis en scène des livraisons de fast-foods à la Maison-Blanche et des "shootings" humoristiques dans les chaînes de fast-food.

Produits alimentaires suspects :

BHA et BHT : conservateurs suspectés d'être cancérigènes.

Olestra : substitut de graisse provoquant des troubles digestifs graves.

Colorants artificiels Red 40, Yellow 5, Yellow 6 : liés à l'hyperactivité chez l'enfant.

Ractopamine : additif dans l'élevage porcin et bovin, interdit dans plus de 150 pays.

Bromate de potassium : utilisé dans le pain industriel, cancérigène potentiel.

La junk food est élevée au rang d'identité nationale, glorifiée dans la publicité, sponsorisée par les lobbies agroalimentaires.

Les maladies métaboliques (diabète, hypertension) sont 2 à 3 fois plus fréquentes aux USA qu'en Europe occidentale.

Le grand cercle vicieux :

Malbouffe → Obésité → Maladies → Médicaments → Dépenses → Crise du système de santé.

Et comme si cela ne suffisait pas, l'exportation de cette "culture" a contaminé le monde entier : Amérique du Sud, Asie, Afrique... Tous ont maintenant leurs propres épidémies de junk food-désastres …

Punchlines digestives pour finir :

"Le hamburger est devenu leur ambassadeur culturel — et leur meilleure arme de destruction massive."

"Mangez américain : c'est moins cher que vivre américain."

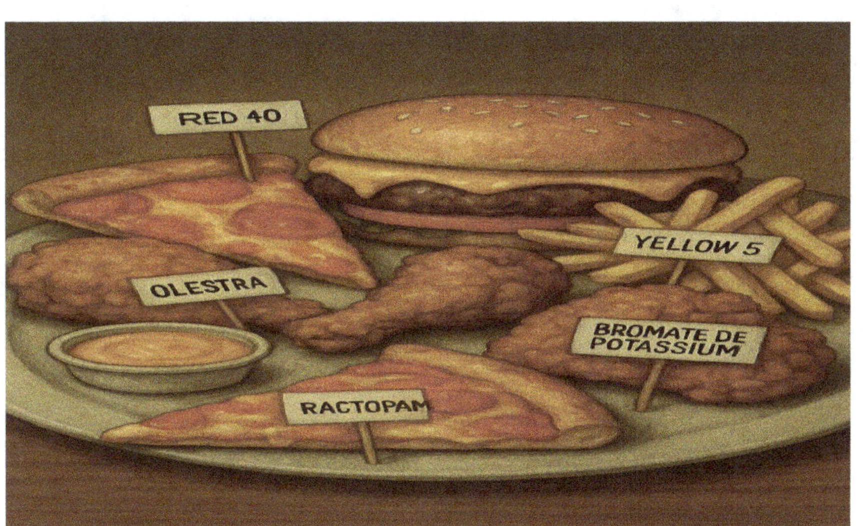

RED 40
OLESTRA
YELLOW 5
BROMATE DE POTASSIUM
RACTOPAM

Kellogg's
FROOT
LOOPS
Red 40
Yellow 6
Yellow 5
Blue 1
Allura Red AC
(£129)
31% SUGAR
CETTE RECETTE EST VENDUE
EXCLUSIVEMENT AUX USA

Chapitre 4 : Santé pour tous… ou pas : ticket première classe

4.1 Le prix délirant des soins aux USA : l'assurance maladie pour millionnaires

Bienvenue dans un pays où une simple ambulance peut vous coûter plus cher qu'un vol transatlantique en classe affaires, où une simple chute de vélo peut t'entraîner dans une spirale de dettes à six chiffres.

Un système réservé aux plus riches :

Une nuit d'hospitalisation moyenne : 3000 dollars.

Prix moyen d'une naissance sans complications : 13 000 $, et peut atteindre des sommes considérables en cas de complications,

Prix moyen ambulance : 1 200 $, souvent non couvert par l'assurance.

Un pansement à 7$ posé par un docteur : total 629 $ (600€)

(reste à charge avec une excellente mutuelle : 200$

Service Code	Total Charge	Ineligible	Covered by Plan	Deductible Amount	Co-Pay Amount	Balance	Paid At
c1	$7.00	$2.10	$4.90	$4.90	$0.00	$0.00	100%
odes: mg							
c1	$311.00	$93.30	$217.70	$217.70	$0.00	$0.00	100%
odes: mg							
c1	$311.00	$93.30	$217.70	$217.70	$0.00	$0.00	100%
odes: mg							
TOTALS	$629.00	$188.70	$440.30	$440.30			

Hospital charge

Other Insuranc

Negotia

(What the patie

Total Net Paymer

Total Patient Responsibilit

Les médicaments y sont 10 fois plus chers qu'en Europe.

66 % des faillites personnelles aux USA sont liées à des frais médicaux, et même avec une assurance, les franchises sont souvent astronomiques.

Greffes d'organe : Délai médian pour recevoir un rein d'un donneur décédé est de **2 à 5 ans**, parfois plus.

- **Coût d'une greffe "officielle"** : entre **250 000 $ et 450 000 $** selon les estimations

- **Marché noir** : face à ces délais et ces tarifs, un trafic prospère s'est développé, enlèvements de donneurs vulnérables,donneurs contraints. 2011 un réseau démantelé après avoir organisé plusieurs transplantations illicites, facturées plus de 120 000 $ par rein .

Médecine à deux vitesses :

Assurances privées ultra-chères pour les privilégiés.

Medicaid pour les très pauvres... si tu arrives à survivre aux paperasseries kafkaïennes.

Hôpitaux publics surchargés et sous-financés.

Aux USA : ton portefeuille détermine ta durée de survie.

1 Américain sur 10 a une dette médicale active.

Punchlines en salle d'attente :

"Ici, tu survis à ton accident mais pas à ta facture."

« Un bras cassé, ça coûte... un bras »

« Si tu veux une greffe de cœur , vends un rein ! »

Le système des assurances privées :

Prime annuelle moyenne pour une famille : 22 221 $.

Franchise moyenne (avant remboursement) : 4 364 $.

Refus fréquents de prise en charge pour des "vices de procédure".

une assurance santé qui offre une couverture complète, pour un couple avec deux enfants, coûte en moyenne 2000 Dollars/mois.

4.2 Dettes médicales : mourir pour des factures

Aux États-Unis, tomber malade est souvent le premier pas vers la ruine personnelle. Ici, votre santé est un produit de luxe, et votre banquier est votre premier soignant.

100 millions d'Américains croulent sous les dettes médicales.

Chiffres glaçants :

66,5 % des faillites personnelles aux États-Unis sont liées à des dettes médicales (American Journal of Public Health, 2019).

25 % des adultes doivent retarder ou abandonner des soins à cause de leur coût.

Les stratégies de survie :

Vente de maisons, voitures, bijoux pour payer les factures d'hôpital.

Lancement de cagnottes sur GoFundMe pour financer une chimiothérapie.

Braquages de pharmacies pour obtenir de l'insuline ou des antidouleurs.

Refus ou report de traitements critiques, faute d'assurance.

Enfants non soignés : Environ 4 millions d'enfants américains n'ont pas de couverture maladie.

Résultat : des soins retardés, des maladies banales évoluant en drames évitables.

Médecins et serment d'Hippocrate revisité :

De nombreux médecins refusent de traiter les patients non assurés ou exigent des dépôts de garantie astronomiques.

Prendre un rendez-vous sans assurance peut coûter entre 300 $ et 1000 $ avant même tout traitement.

Le poids des assurances sur les salaires : 20 % du salaire moyen

Remboursements aléatoires, franchises exorbitantes : beaucoup paient sans jamais vraiment être protégés.

Le cercle infernal :

Maladie → Dettes → Perte d'assurance → Nouvelle maladie → Nouvelle dette → Effondrement → Tragédie.

Punchlines sous perfusion :

"Aux USA, ton chirurgien est aussi ton liquidateur judiciaire."

"Ici, le serment d'Hippocrate vient avec une clause tarifaire en petits caractères." Remplacé par le serment de profits."

4.3 Médicaments au prix de l'or : pilules, perfusions et petites fortunes

Aux États-Unis, il ne suffit pas d'être malade : il faut aussi être millionnaire pour avoir le privilège d'avaler une pilule sans vendre un rein au marché noir.

Chiffres alarmants :

Le coût d'une boîte d'antidépresseurs génériques oscille entre 10 et 70 $, (les formules de marque peuvent atteindre 300–500 $) .

Le traitement de l'hépatite C (Sofosbuvir/Harvoni) s'est vendu autour de 84 000 $ pour 12 semaines à son lancement.

Certains protocoles anticancéreux de pointe dépassent régulièrement 150 000 $ par an, voire 300 000 $ la première année.

Le scandale de l'insuline : Un médicament découvert il y a un siècle, brevet offert par les inventeurs , mais vendu à prix d'or.

Aux USA , un flacon d'insuline coûte entre 100 et 300 $, contraignant des patients à rationner leurs doses, avec, des cas mortels rapportés.

Des familles entières traversent la frontière vers le Canada pour acheter de l'insuline abordable.

Faillites programmées :

Même assurés, beaucoup d'Américains s'effondrent sous les "reste-à-charge" monstrueux.

Frais cachés : transport médical, examens hors forfait, médicaments "non inclus".

Une hospitalisation de 48 heures peut générer 50 000 $ de frais personnels en cas de mauvaise couverture.

Big Pharma, Big Jackpot :

Les 10 plus grandes firmes pharmaceutiques américaines réalisent des profits annuels supérieurs à 100 milliards de dollars.

Lobbying : plus de 300 millions de dollars investis par an pour influencer les lois et empêcher la régulation des prix.

Innovations ou racket organisé ?

Certains nouveaux traitements sont lancés à des prix totalement déconnectés des coûts de recherche réels.

Exemples : thérapies géniques coûtant jusqu'à 2,1 millions de dollars pour une seule injection.

Conséquences humaines :

Les patients arrêtent leurs traitements, Augmentation des morts évitables.

Explosion des faillites personnelles liées aux frais de pharmacie.

4.4 Cagnottes de survie et actes désespérés :

Chaque jour, des milliers de cagnottes GoFundMe (1 sur 3) sont lancées pour financer des traitements.

Familles vendant leur maison, étudiants abandonnant leurs études pour travailler à temps plein et payer les soins d'un parent.

Certains braquages de pharmacies ou de banques commis uniquement pour financer des traitements médicaux urgents.

Histoires poignantes de parents organisant des ventes de garage géantes, ou d'enfants créant des campagnes virales sur TikTok pour sauver un frère malade.

Le bonus pervers : Beaucoup d'employeurs proposent des assurances... avec des franchises si élevées qu'elles rendent l'assurance inutilisable en pratique.

Punchlines sous ordonnance :

"Ton médecin prescrit, ton banquier exécute."

"Ici, Big Pharma ne soigne pas la maladie : elle entretient le client."

Chapitre 5 : « Pilules à prix d'or : la pharmacie en pleine spéculation »

5.1 Délais et files d'attente VIP :

Certains traitements nécessitent plusieurs semaines d'approbation administrative avant d'être commencés.

Les spécialistes les plus réputés ne prennent que des patients "Gold" assurés haut de gamme.

Exclusions et pièges à contrat :

Les polices d'assurance regorgent d'exceptions : conditions préexistantes non couvertes, réseaux de soins restreints.

Certaines compagnies créent volontairement des complications administratives pour retarder ou refuser les paiements.

Punchlines en soin intensif :

"Aux USA, ton assurance couvre tout, sauf ce dont tu as besoin."

"Ici, même l'attente aux urgences est payante — et mortelle."

5.2 Suicide, santé mentale et détresse invisible : un autre fléau américain, L'Amérique en crise psychologique permanente

Sous les projecteurs de la réussite économique et du patriotisme triomphant, une épidémie silencieuse décime la population : celle du désespoir pur.

Si les États-Unis devaient avoir un animal national aujourd'hui, ce ne serait plus le pygargue à tête blanche, mais le hamster surmené en crise de nerfs.

Chiffres accablants :

Le taux de suicide a augmenté de 33 % entre 1999 et 2022.

Environ 130 Américains se suicident chaque jour.

Les États-Unis ont l'un des taux de suicide par arme à feu les plus élevés au monde.

Chiffres glaçants :

Près de 50 000 suicides par an aux États-Unis (CDC, 2022).

Le suicide est la deuxième cause de mortalité chez les 10-34 ans.

Augmentation de 35 % du taux de suicides depuis 1999.

Causes principales :

Coût des soins psychiatriques : jusqu'à 300 $ de l'heure pour un psychologue privé.

Manque cruel de psychiatres dans de nombreux États ruraux.

Stigmatisation massive autour de la santé mentale.

Assurance santé refusant souvent de couvrir les soins psychologiques.

Les visages du désespoir :

Anciens combattants laissés sans suivi psychologique (22 vétérans se suicident chaque jour).

Étudiants croulant sous les dettes et la pression sociale.

Agriculteurs ruinés par les crises économiques.

Solutions bricolées :

Groupes de soutien sur Facebook ou Reddit.

Applications mobiles gratuites pour "tenir le coup" faute de véritable thérapie.

Cagnottes en ligne pour financer une hospitalisation psychiatrique.

Punchlines dépressives :

"L'Amérique soigne la dépression... avec une facture déprimante"

"Le pays du rêve américain fabrique surtout des cauchemars en série."

Le rêve américain version santé :

Tomber malade, c'est prendre un billet sans retour pour l'enfer financier.

Survivre au système, c'est devenir une exception statistique.

Punchline d'ultime verdict :

"Mourir malade est naturel. guérir ruiné est un business."

Chapitre 6 : Pauvreté massive, inégalités extrêmes.

6.1 Rêve américain éventré : mode d'emploi pour échouer plus fort

À l'origine, le "rêve américain" promettait qu'à force de travail acharné, chacun pouvait gravir l'échelle sociale, fonder une famille, acheter une maison blanche avec une clôture et un chien. En 2025, ce rêve est devenu une dystopie réservée aux 1 % qui ont confisqué l'échelle — et brûlé la clôture au passage.

Chiffres tranchants :

63 % des Américains vivent de chèque en chèque, sans épargne.

40 % des ménages ne peuvent faire face à une dépense imprévue de 400 $ sans emprunter.

Depuis les années 1980, les revenus du top 1 % ont augmenté de 300 %, ceux des 50 % du bas ont stagné.

Les logements précaires :

Les "trailer parks" (parcs de caravanes) abritent des millions de travailleurs précaires dans des mobile-homes souvent plus vieux que leurs occupants.

De nombreux appartements insalubres loués à prix d'or dans les grandes villes (moisissures, chauffage défaillant, pas d'isolation)

Construction au rabais : beaucoup de maisons sont faites de bois léger et de matériaux bon marché, offrant une résistance douteuse aux intempéries et une isolation thermique ridicule.

Le scandale des loyers :

À San Francisco, le loyer moyen d'un studio est de 2300 à 2800 $

À New York, 30 à 50% des revenus sont engloutis dans le loyer.

Punchlines immobilières :

"Aux USA, ta maison est en carton-pâte, ton loyer est en or."

"L'American Dream : payer 3 000 $ par mois pour entendre ton voisin bailler à travers les murs."

6.2 Les ghettos modernes : de la banlieue au camping Walmart

Quand le rêve américain s'évapore, il ne reste plus qu'un parking de supermarché pour planter sa tente. Bienvenue dans la nouvelle Amérique : celle des oubliés qui dorment à l'ombre des néons.

La géographie du déclassement :

Les banlieues autrefois prospères sont devenues des no man's lands de pauvreté, marquées par les maisons murées, les pelouses abandonnées et les magasins fermés.

Les camping-cars stationnés en permanence sur les parkings de Walmart font désormais office de dernier refuge pour de nombreuses familles sans domicile fixe.

À Los Angeles, plus de 75 000 sans-abri (2023) campent sur les trottoirs, dans des tentes ou des véhicules.

Le quotidien en camping Walmart : Pas d'eau courante, de sanitaires dignes, de sécurité. Bain improvisé dans les stations-service.

Vols, violences, détresse psychologique omniprésents.

Police tolérante : mieux vaut des campeurs Walmart que des tentes visibles sur les trottoirs.

Les ghettos invisibles :

Sous les autoroutes, dans les bois urbains, aux abords des aéroports : des mini-villes clandestines survivent.

Nombreux jeunes travailleurs (notamment dans l'enseignement, les soins, les services publics) y dorment, faute de pouvoir se loger à proximité de leur travail.

Punchlines sociales :

"Aux USA, ton rêve américain est garé sur un parking discount."

"À force de tirer sur la corde, même le rêve américain a fini sous une bâche bleue Walmart."

"Survivre en Amérique ? Une tente, une glacière, un lot de désespoir."

6.3 Le grand écart : des yachts aux food stamps

Bienvenue dans l'Amérique schizophrène où l'on peut croiser sur la même avenue un yacht à 50 millions de dollars et une file d'attente pour des tickets alimentaires.

Le summum de la richesse :

1 % des Américains détiennent plus de 35 % de la richesse nationale.

Les milliardaires américains ont vu leur fortune augmenter de 2 000 milliards de dollars pendant la pandémie COVID.

À Palm Beach, un parking pour yacht peut coûter plus cher qu'une maison de taille moyenne.

Pendant ce temps, au ras du sol :

42 millions d'Américains dépendent des food stamps (bons alimentaires).

1 enfant sur 6 vit dans l'insécurité alimentaire chronique.

Dans certaines écoles, des enfants doivent alterner les jours de repas gratuits, faute de budget suffisant.

La scène absurde :

Des mégayachts ancrés au large de Miami pendant qu'à quelques kilomètres, des mères célibataires se battent pour une place en hébergement d'urgence.

Des marchés de luxe vendant des sacs à main à 10 000 $ juste en face de banques alimentaires saturées.

Punchlines de grand écart :

"Les Américains ont inventé la misère cinq étoiles : misérable, mais avec vue sur les riches."

"Ici, on lance des fusées dans l'espace, mais on n'arrive pas à nourrir un enfant dans une école publique."

6.4 Pauvreté au travail : esclaves modernes et fin du rêve salarial

Le rêve américain ne se brise pas seulement dans les rues ou sur les parkings : il se fracasse aussi dans les open spaces et les entrepôts géants. Bienvenue dans la réalité brutale de la pauvreté au travail.

Chiffres qui giflent :

Jeff Bezos, Elon Musk , Larry Ellison , Zuckenberg et Warren Buffett possèdent autant que les 50 % les plus pauvres des Américains réunis.

Plus de 8 millions d'Américains cumulent deux, voire trois emplois pour survivre.

53 millions de travailleurs sont considérés comme " »travailleurs pauvres » (moins de 10$ /h)

Droit au licenciement express : le principe "Emploi à volonté" permet à l'employeur de licencier sans motif, sans préavis.

Le recours ? Un procès... long, cher et sans garantie de résultat.

6.5 Discriminations et abus : Raciale, sexiste, âge : omniprésente et difficile à prouver.

Harcèlement sexuel fréquent dans l'hôtellerie, la restauration, le commerce de détail.

Certaines embauches sont encore troquées contre des faveurs sexuelles, surtout pour les emplois précaires.

6.6 Protection des travailleurs : un mirage ?

Peu de syndicats : taux de syndicalisation inférieur à 10 % dans le privé.

Les lois anti-syndicales ("right to work laws") cassent toute tentative d'organisation collective dans de nombreux États.

SMIC : une loterie géographique :

Salaire minimum fédéral bloqué à 7,25 $ de l'heure depuis 2009.

Certains États (New York, Californie) l'ont rehaussé à 15 $, mais ailleurs, des travailleurs survivent à peine.

Salaires hommes/femmes :

À poste égal, les femmes gagnent en moyenne 83 % du salaire des hommes.

L'écart est encore plus grand pour les femmes racisées.

6.7 Travail des enfants et esclavage moderne :

Depuis 2022, plusieurs États ont assoupli les lois pour autoriser les mineurs à travailler dans des conditions dangereuses.

Marché noir de la main-d'œuvre immigrée clandestine exploité dans l'agriculture, le bâtiment, et même les abattoirs.

6.8 La retraite : Âge moyen de départ en retraite : 64 ans.

Système de retraite par capitalisation (épargne en bourse 401'k)

Ce système est un pari boursier : si crash il y a, retraite il n'y a plus.

Épargne moyenne : 88 400 $ à la retraite... autant dire des cacahuètes .

Rendement moyen : autour de 5-7 % par an... avant frais.

Anecdote : après la crise de 2008, des millions de retraités sont retournés travailler comme caissiers ou livreurs.

Seniors condamnés à trimer :

Plus de 20 % des Américains de plus de 65 ans travaillent encore, souvent pour survivre.

Le record : des employés de plus de 85 ans toujours actifs dans la grande distribution.

Le salaire moyen pour les seniors ? Souvent entre 10 et 15 $/h, sans avantages.

Travailler jusqu'à l'effondrement : des cas recensés de décès sur le lieu de travail pour des personnes âgées épuisées.

Punchlines enchaînées :

"Ton boss peut te virer plus vite qu'un client Amazon ne reçoit son colis."

"Ici, tu travailles enfant, tu meurs salarié, et tu rêves retraite... depuis ta caisse de supermarché."

6.9 Quand la pauvreté s'hérite : le piège générationnel

Aux États-Unis, la pauvreté n'est pas seulement un accident de parcours : c'est souvent une malédiction héréditaire, transmise comme un vieux canapé troué, génération après génération.

Chiffres étouffants :

42 % des enfants nés dans les familles les plus pauvres le resteront toute leur vie, moins de 8 % des enfants nés dans les 20 % les plus pauvres parviennent à atteindre les 20 % les plus riches.

6.10 Les causes de la reproduction de la misère :

Accès inégal à l'éducation : écoles publiques financées par les taxes locales, donc pauvres dans les quartiers pauvres.

Soins de santé limités ou absents : maladies infantiles non traitées, handicaps durables.

Alimentation déficiente : malnutrition infantile impactant le développement cognitif.

Logement insalubre : risques accrus de maladies, stress chronique.

Aux USA, le "self-made man" est une fable : l'ascenseur social est en panne pour la majorité.

Etude de cas :

Dans certaines régions du Sud des États-Unis, comme le Mississippi ou la Louisiane, les taux de pauvreté infantile dépassent 30 %.

En milieu rural, l'absence de transport public enferme les jeunes dans des ghettos d'opportunités réduites.

L'effet boule de neige :

Difficultés scolaires → faible niveau de diplôme → emplois précaires → pas d'assurance santé → dettes → pauvreté perpétuée.

"Né pauvre, grandi pauvre, mort pauvre : Replay et replay."

"Ici, l'ascenseur social est réservé aux VIP... les autres prennent l'escalier en colimaçon, sans rampe."

6.11 La face cachée des grandes fortunes : philanthropie, évasion fiscale et manipulation politique

Derrière les tours rutilantes et les dons caritatifs bien mis en scène, les plus grandes fortunes américaines cachent souvent des origines moins reluisantes qu'un tapis rouge.

Origines troubles des grandes fortunes :

Traite négrière : de nombreuses vieilles familles du Sud doivent leur richesse aux plantations esclavagistes.

Prohibition : l'interdiction de l'alcool dans les années 1920 a bâti des empires criminels recyclés ensuite dans l'économie légale.

Mafia : infiltration de secteurs entiers (immobilier, transport, construction) par des capitaux d'origine criminelle.

Colonisation et spoliation : appropriation des terres indigènes, exploitation minière et pétrolière sauvage.

Guerres : profits massifs réalisés grâce aux contrats d'armement et à la reconstruction post-conflit.

Quelques noms célèbres :

Les Rockefeller : fortune initialement bâtie sur l'exploitation pétrolière sauvage et des conditions de travail inhumaines.

Les Kennedy : fortune partiellement issue du commerce d'alcool pendant la prohibition.

Sheldon Adelson : empire bâti sur les casinos, accusé à plusieurs reprises de corruption à l'international.

Donald Trump : héritier immobilier ayant largement profité de prêts bancaires douteux et de pratiques fiscales agressives.

Famille Sackler (Purdue Pharma) : enrichissement colossal via l'OxyContin et la crise des opioïdes.

Paradis fiscaux : Bahamas, Delaware & co.

Le Delaware, minuscule État , ultra-opacité fiscale.

Bahamas, Îles Caïmans, Panama : destinations favorites pour échapper à l'impôt tout en légalisant le blanchiment.

Exploitation ouvrière vs dépenses somptuaires :

Multinationales qui sous-paient des travailleurs dans des entrepôts sans climatisation... pendant que leurs PDG achètent des villas de 50 millions de dollars.

Travailleurs agricoles immigrés exploités sans papiers pendant que les milliardaires achètent des clubs de football européens.

6.12 Philanthropie ou camouflage fiscal ?

Dons astronomiques pour des fondations privées qui permettent d'échapper à l'impôt.

Charité bien ordonnée commence par des déductions fiscales : chaque dollar "donné" rapporte souvent plus en avantages fiscaux qu'il ne coûte réellement.

Bill Gates, véritable philanthrope ?

Fortune estimée à plus de 115 milliards de dollars.

Sa fondation finance des projets de santé et d'éducation, mais bénéficie d'importantes déductions fiscales.

Investissements parfois controversés (Monsanto, pétrochimie, etc.) au sein même de sa fondation "humanitaire".

Manipulation politique :

Super PACs, lobbying intensif : l'élite financière achète les lois qui garantissent la reproduction de leur pouvoir.

Industries pétrolières, pharmaceutiques, et de l'armement investissent massivement pour façonner des politiques publiques à leur avantage.

Punchlines dorées :

"Aux USA, voler légalement est un sport national — pour les milliardaires."

"Quand un milliardaire donne un million, c'est qu'il vient d'en économiser dix."

"Le self-made man américain a souvent hérité d'une mine d'or et d'un avocat fiscaliste."

"Aux Bahamas ou au Delaware, les rêves fiscaux n'ont aucune frontière."

6.13 Le miroir sans tain :

Derrière les gratte-ciel et les villas de milliardaires, l'Amérique souffre.

Une souffrance invisible, dissimulée sous des slogans creux : "Freedom", "Opportunity", "Success".

Quand les pauvres financent les riches :

Kenneth Copeland, télévangéliste multimillionnaire, s'est offert plusieurs jets privés... financés par les dons de fidèles vivant parfois sous le seuil de pauvreté.

En 2019, des fans de Kylie Jenner ont lancé une cagnotte pour l'aider à atteindre officiellement le statut de milliardaire... pendant qu'eux-mêmes croulaient sous les prêts étudiants.

Les influenceurs millionnaires vendent des régimes miracles, des gadgets inutiles ou des NFT bidon à une audience majoritairement pauvre, rêvant d'atteindre un jour leur "succès" télévisé.

6.14 Conclusion

Après avoir arpenté les bas-fonds du rêve américain éventré, un constat brutal s'impose : les États-Unis sont devenus le laboratoire mondial des inégalités assumées.

Résumé sans anesthésie :

Le rêve américain n'est plus qu'un mythe pour la majorité.

L'accès à l'ascenseur social est verrouillé par l'élite financière.

Travailler ne protège plus de la pauvreté, étudier n'est plus un passeport pour une vie meilleure.

Les grandes fortunes exploitent, dissimulent, manipulent et se parent de vertus pour mieux continuer le pillage.

Punchlines finales :

"Aux USA, le jackpot n'est pas pour toi : il est déjà réservé."

"Quand tu es pauvre en Amérique, tu finances ton propre rêve... pour quelqu'un d'autre."

Chapitre 7 : Eau contaminée et terres sacrifiées sur l'autel du profit

7.1 Bienvenue dans un pays où respirer, boire et cultiver deviennent des activités à haut risque.

Chiffres alarmants :

Plus de 100 millions d'Américains exposés à une eau contaminée.

70 % des rivières et lacs testés sont impropres, baignade ou pêche.

29 % des terres agricoles affectées par la pollution industrielle.

Eau contaminée :

L'eau potable ? Une blague douteuse :

Flint, Michigan : entre 2014 et 2019, des milliers d'enfants exposés au plomb dans l'eau du robinet.

Selon l'EPA, plus de 30 millions d'Américains consomment une eau ne respectant pas les normes fédérales.

Pollution industrielle :

Les nappes phréatiques contaminées par des PFAS ("produits chimiques éternels" liés aux cancers).

Pesticides et nitrates agricoles dans les rivières du Midwest.

Cas emblématique de Flint, Michigan : pendant des années, les habitants ont bu une eau chargée en plomb.

PFAS, les "produits chimiques éternels", omniprésents dans l'eau potable de dizaines de millions d'Américains.

Autorisations laxistes pour les forages pétroliers, les exploitations minières, et les usines chimiques.

"Drill Baby Drill" : la devise suicidaire pour exploiter les dernières ressources fossiles à n'importe quel prix.

7.2 Forer jusqu'à la dernière goutte : l'obsession du pétrole

Dans l'ADN américain, il y a trois molécules essentielles : le hamburger, le dollar, et... le pétrole. Peu importe les risques climatiques ou environnementaux, tant que ça crache du brut, l'Amérique fore.

Chiffres éloquents :

Premier producteur mondial de pétrole et de gaz naturel.

Plus de 900 000 puits de pétrole et de gaz parsèment le territoire américain.

En 2022, 74 % de l'augmentation mondiale des émissions de méthane venaient des États-Unis.

7.3 Privatisation des ressources :

Eau, gaz, pétrole : tout est privatisable, exploitable et commercialisable.

La Californie vend de l'eau à des sociétés privées pendant que ses habitants rationnent l'arrosage de leur pelouse.

Exemples toxiques : Cas emblématiques :

Love Canal : quartier entier de Niagara Falls bâti sur une décharge toxique, provoquant cancers et malformations massives.

Cancer Alley en Louisiane : corridor industriel où les taux de cancer sont plusieurs fois supérieurs à la moyenne nationale.

Marée noire de Deepwater Horizon (BP, 2010) : 11 morts, des milliers de kilomètres de côtes souillées, des milliards en dégâts économiques et écologiques.

Flint, Michigan : empoisonnement massif à l'eau au plomb dû à la privatisation et à la négligence politique.

Punchlines pétrolifères :

"Forer d'abord, crever ensuite : l'ordre naturel des choses en Amérique."

"Quand l'eau de ta douche prend feu, c'est que le rêve américain coule à flots."

"Ils ont foré la terre jusqu'à forer nos poumons."

7.4 Fracturation hydraulique, tremblements de terre et eau potable empoisonnée

La fracturation hydraulique ; symbole ultime de l'Amérique prête à dynamiter sa propre terre pour grappiller quelques $ de plus.

Méthode brutale :

Injecter sous haute pression un cocktail d'eau, de sable et de produits chimiques pour fracturer la roche et libérer le gaz.

Nappes phréatiques contaminées, villages entiers privés d'eau potable, paysages transformés en décharges chimiques à ciel ouvert.

Chiffres alarmants :

Plus de 137 000 puits de fracturation actifs aux USA.

Jusqu'à 30 % de l'eau injectée remonte polluée et doit être "traitée" (ou abandonnée dans des bassins à ciel ouvert).

En Oklahoma, les séismes ont été multipliés par 600 depuis l'essor de la fracturation hydraulique.

Conséquences dramatiques :

Eau inflammable au robinet (littéralement)

Des études confirment que, dans des zones proches (< 2kms) de puits de fracturation, l'eau potable peut contenir des concentrations de méthane suffisantes pour s'enflammer au robinet lorsqu'on approche une allumette.

- **Hausse des maladies respiratoires, des cancers et des malformations congénitales**

- **Maladies respiratoires & cancer** : Asthme sévère, lymphomes, troubles pulmonaires et cancers liés à l'air pollué par le gaz.

- **Malformations congénitales** : Cardiaques et neurales chez les nouveau-nés exposés in utero aux émissions de sites de fracturation.

- **Abandon des terres agricoles devenues impropres à toute culture**
  Contamination des nappes phréatiques par les eaux de retour de fracturation, riches en sels et toxiques ; salinisation et stérilisation chimique des sols, .

- **Affaissement des sols et création de failles monstres**
  Affaissements progressifs et, apparition d'effondrements spectaculaires.

Cas emblématiques :

Pavillon, Wyoming : les habitants ont dû être approvisionnés en eau par camions-citernes après la contamination totale de leur réseau.

Dimock, Pennsylvanie : ville symbole devenu cauchemar sanitaire, où les habitants allument leur eau du robinet avec un briquet.

"Aux USA, ta terre peut trembler pour quelques dollars de gaz."

"Quand ton eau explose avant ta maison, c'est que le progrès est passé par là."

"L'Amérique fore plus vite qu'elle ne réfléchit... et boit son propre poison."

7.5 Privatisation de l'eau : or bleu à vendre au plus offrant

Aux États-Unis, l'eau n'est pas un droit : c'est un produit coté en Bourse.

Le grand détournement : Nestlé Waters, Danone, Coke... etc

Et ça pompe gratuitement des **milliards** de litres d'eau douce dans des nappes phréatiques publiques pour les revendre sous forme de bouteilles hors de prix.

Des villes, sacrifiées sur l'autel des économies budgétaires, fournissent une eau empoisonnée au plomb.

La Californie, pourtant frappée par des sécheresses chroniques, autorise l'agro-business à monopoliser 80 % de l'eau disponible.

L'eau : une marchandise spéculative :

En 2020, l'eau a officiellement été introduite en tant que ressource échangeable sur le marché à terme de Wall Street.

Résultat : flambée des prix, accès restreint pour les plus pauvres, catastrophes sanitaires à répétition.

Destruction massive des environnements historiques :

Rasage des Appalaches pour extraire du charbon : destruction d'écosystèmes millénaires, pollution des rivières, déplacements forcés de communautés.

Massacre des bisons : 30 millions abattus pour affamer les amérindiens et ouvrir la voie à l'expansion coloniale.

Mines d'or au mercure : empoisonnement durable des sols et des cours d'eau (notamment en Californie pendant la ruée vers l'or).

Pollution maritime : Exxon Valdez (1989), Deepwater Horizon (2010) : écosystèmes ravagés, impunité totale.

Punchlines empoisonnées :

"Aux USA, ton robinet est branché directement sur Wall Street."

"Ici, même l'eau a un prix, mais aucune valeur humaine."

"Ils ont rasé les montagnes pour du charbon, massacré les bisons pour du profit, et vendu l'eau pour quelques actions en Bourse."

Pollution industrielle chronique :

Les industries pétrolières et chimiques rejettent en moyenne plus de 3 milliards de tonnes de déchets toxiques par an aux USA.

L'industrie agroalimentaire pollue plus que tous les transports combinés (pesticides, nitrates, antibiotiques).

Climat en vrille :

Les USA, 4 % de la population mondiale, émettent encore près de 15 % des émissions globales de CO_2.

Ouragans amplifiés, incendies monstrueux en Californie, sécheresses historiques : les conséquences sont déjà là, mais niées par une large frange politique.

Aux USA, lobbying intensif : un produit reste innocent jusqu'à ce qu'il tue suffisamment de gens pour qu'on y regarde à deux fois.

Punchlines asphyxiantes :

"On fore d'abord, on pleure ensuite, et on pollue toujours."

"Quand respirer devient dangereux, c'est que le progrès est passé."

"En Amérique, la nature a un prix... celui de sa destruction."

Chapitre 8 : Racisme structurel, divisions raciales et violences policières

8.1 Un pays bâti sur les divisions raciales

Des champs de coton aux ghettos modernes, l'Amérique a inventé l'art d'empiler l'injustice raciale génération après génération, tout en se drapant dans les plis d'un drapeau "liberté-égalité" aussi crédible qu'un slogan de fast-food.

Racines historiques :

246 ans d'esclavage, 100 ans de ségrégation officielle, et à peine 60 ans de "liberté surveillée".

La Constitution de 1787 considérait les Noirs comme des "trois cinquièmes" d'un être humain.

Le Ku Klux Klan, toujours actif aujourd'hui, a vu plusieurs de ses membres siéger ouvertement au Congrès.

Divisions raciales contemporaines :

Accès aux soins, à l'éducation, au logement : des écarts gigantesques et persistants.

Ghettos entretenus par des politiques urbaines discriminatoires (redlining, zoning).

8.2 Violences policières :

Un Afro-Américain a trois fois plus de chances de mourir sous les balles de la police qu'un Blanc.

George Floyd, Breonna Taylor, Eric Garner, Tamir Rice : des noms devenus des symboles mondiaux.

98,3 % des policiers impliqués dans des homicides restent non poursuivis.

Punchlines électriques :

Ta couleur de peau peut te valoir une condamnation avant le procès."

"Liberté, égalité... et bavure garantie."

"Le rêve américain, attention : valable uniquement en version blanche."

8.3 Ghettos modernes, brutalités ordinaires et ségrégation cachée

Sous des dehors de société "post-raciale", l'Amérique a su perfectionner l'art de dissimuler la ségrégation derrière des baux, des prêts, des écoles et des badges de police.

Les ghettos du XXIe siècle :

Redlining (refus de prêts immobiliers dans les quartiers noirs) encore présent sous des formes déguisées.

Écoles financées par les impôts locaux : quartiers pauvres = écoles pauvres.

Zones commerciales, transports publics, accès aux soins : tout est conçu pour maintenir une séparation invisible mais implacable.

Brutalités ordinaires / Délit de faciès :

Arrestations arbitraires pour "conduite dans un quartier blanc".

Fouilles humiliantes, contrôles sans motif, violences physiques systématiques.

Tirer d'abord, vérifier l'identité ensuite : standard officieux dans nombre de services de police.

Chiffres glaçants :

Un jeune Noir a 5 fois plus de chances d'être arrêté sans raison qu'un jeune Blanc.

Les Noirs sont deux fois plus susceptibles d'être victimes de violences policières même en étant désarmés.

Exemples tristement célèbres :

Philando Castile, abattu lors d'un contrôle routier banal.

Sandra Bland, morte en détention après un simple contrôle de circulation.

Ahmaud Arbery, poursuivi et exécuté par des civils blancs pendant son jogging.

Punchlines sociales :

le code postal détermine ton destin avant ton diplôme.

"Même sans panneaux 'BLANCS SEULEMENT', les portes restent fermées."

8.4 Prisons industrielles, esclavage moderne et profits carcéraux

Bienvenue dans le monde merveilleux de la privatisation pénitentiaire, où la liberté a un prix et l'esclavage une rentabilité.

Les chiffres du goulag moderne :

Plus de 2 millions de détenus aux États-Unis, soit 25 % des prisonniers mondiaux pour 4 % de la population mondiale.

Un Noir américain a six fois plus de chances d'être incarcéré qu'un Blanc.

1 adulte noir sur 3 né aujourd'hui aura une expérience de prison dans sa vie.

Les prisons privées : jackpot sur l'humiliation :

Des entreprises comme GEO Group et CoreCivic engrangent des milliards de dollars de chiffre d'affaires grâce à la gestion de prisons.

Plus il y a de détenus, plus ces sociétés gagnent d'argent. Résultat : politiques ultra-répressives, quotas d'incarcération garantis par contrat.

Travail forcé version 2.0 :

Les détenus produisent meubles, vêtements, équipements militaires pour des salaires dérisoires (de 0,23 à 1,15 dollar de l'heure).

Refuser de travailler peut entraîner des punitions supplémentaires : isolement, perte de réductions de peine.

Certaines grandes marques ont été associées à ce travail pénitentiaire déguisé (Nike, Victoria's Secret, etc.).

Exemples affligeants :

Prison d'Angola (Louisiane), construite sur une ancienne plantation esclavagiste : détenus majoritairement noirs contraints à des travaux agricoles dans des conditions proches de l'esclavage.

'Three Strikes Law' : emprisonnement à vie après trois délits, même mineurs (ex : vol de pizza).

Punchlines carcérales :

"Aux USA, tu peux finir esclave pour avoir volé un sandwich."

"Les chaînes ont disparu des chevilles, mais pas des contrats."

Chapitre 9 : Addictions, drogues, pharmaceutiques et guerres de la dépendance

9.1 Un pays accro à tout : panorama des addictions américaines

L'Amérique n'a pas seulement inventé la voiture, le fast-food et le supermarché : elle a perfectionné l'art de devenir accro à tout, de tout, tout le temps.

Addictions massives :

Près de 50 millions d'Américains souffrent ou ont souffert d'addictions sévères (drogues, alcool, médicaments, jeux d'argent).

Les USA sont les premiers consommateurs mondiaux de cocaïne.

Plus de 110 000 décès par overdose enregistrés en 2024, un record historique.

L'industrie pharmaceutique a dopé la crise des opioïdes avec des prescriptions massives d'antalgiques addictifs (OxyContin, Fentanyl).

Marché noir florissant :

Les cartels mexicains exploitent la demande massive en héroïne et en méthamphétamine.

9.2 Crise des opioïdes : quand Big Pharma devient dealer

Bienvenue au royaume des douleurs inventées et des prescriptions généreuses. Ici, Big Pharma ne vend pas seulement des médicaments : elle distribue des addictions.

Origine du désastre :

Années 1990 : Purdue Pharma lance l'OxyContin, vendu comme "non addictif" grâce à un marketing frauduleux.

Les médecins, incités par des primes, multiplient les ordonnances.

En 20 ans, des millions d'Américains deviennent dépendants... sous prescription légale.

Chiffres hallucinants :

Plus de 450 000 morts par overdose d'opioïdes entre 1999 et 2019.

75 % des décès par overdose impliquent un opioïde (fentanyl).

La double peine : Addiction initiale aux médicaments prescrits.

Quand la prescription est coupée : migration massive vers l'héroïne bon marché, souvent trafiquée au fentanyl.

Procès géants, mais impunité quasi totale :

Purdue Pharma a accepté de payer 4,5 milliards de dollars... tout en se déclarant en faillite pour échapper à de nombreuses poursuites. Aucun grand dirigeant n'est allé en prison.

Exemples criants :

États comme la Virginie-Occidentale dévastés : plus de pilules que d'habitants distribuées.

Pharmacies distribuant 10 fois la moyenne nationale d'opioïdes sans le moindre contrôle.

Punchlines empoisonnées :

"Aux USA, ton dealer préféré porte une blouse blanche."

"Quand ton médecin te tue plus sûrement qu'un voyou de rue, bienvenue en Amérique."

9.3 Guerres à la drogue : fiasco, corruption et militarisation intérieure

La guerre contre la drogue, proclamée tambour battant dans les années 1970, est surtout devenue une guerre contre les pauvres et les minorités... tout en engraissant la machine sécuritaire.

Origines et hypocrisie flagrante :

Déclarée par Richard Nixon en 1971 : officiellement pour lutter contre les drogues, officieusement pour réprimer les militants noirs et les étudiants contestataires.

John Ehrlichman, conseiller de Nixon, l'a avoué : "Nous savions que nous ne pouvions pas rendre illégal d'être contre la guerre ou noir, mais en associant les hippies à la marijuana et les Noirs à l'héroïne... on pouvait criminaliser leurs communautés."

Résultats d'une guerre perdue d'avance :

Plus de 50 milliards de dollars dépensés chaque année pour des résultats quasi nuls.

Explosion du nombre d'incarcérations pour délits mineurs liés aux drogues.

Cartels toujours plus puissants, overdose en hausse constante.

Militarisation de la police :

Armes de guerre (chars, fusils d'assaut) transférées gratuitement aux forces de l'ordre locales.

Raids paramilitaires pour des quantités minimes de drogue.

Dommages collatéraux : bavures, morts d'innocents, familles traumatisées.

Exemples d'absurdités documentées :

SWAT déployé pour saisir... 2 plants de cannabis.

Innocents tués par erreur lors de perquisitions no-knock (autorisation de défoncer la porte sans frapper)

Punchlines chargées :

"Aux USA, ils ont tiré sur tout ce qui bougeait... sauf sur la drogue."

"Ici, ils arrêtent un gamin pour un joint pendant qu'un banquier blanchit un milliard en toute tranquillité."

Chapitre 10 : Système éducatif : alphabétisation au rabais et endoctrinement

10.1 Une école à deux vitesses : entre élites et ghettos éducatifs

Aux États-Unis, l'école est un produit, et comme tout bon produit, elle se vend mieux aux riches. Le système public, pourtant censé être le socle de l'égalité des chances, est devenu une machine à reproduire les inégalités.

Chiffres consternants :

54 % des écoles publiques américaines sont considérées comme "sous-financées".

Le budget moyen par élève varie du simple au quintuple selon les districts.

Les écoles majoritairement noires ou hispaniques reçoivent en moyenne 23 % de financement en moins que celles majoritairement blanches.

Alphabétisation au rabais :

21 % des adultes américains sont en situation d'illettrisme

Environ 30 % des élèves du secondaire ne maîtrisent pas les compétences de base en lecture et mathématiques.

Classements PISA (Programme international pour le suivi des acquis des élèves) la 1ere puissance mondiale est à.. la 25e place mondiale.

Endoctrinement et censure :

Programmes scolaires réécrits pour minimiser l'esclavage, glorifier le colonialisme, et présenter le capitalisme comme une évidence divine.

Suppressions massives de livres abordant le racisme, l'homosexualité ou l'histoire critique (ex : Maus, BD sur la Shoah, Art Spiegelman)

Infiltration croissante de cours de religion chrétienne dans les écoles publiques sous couvert de "valeurs morales".

Exemples édifiants :

État du Mississippi : dépenses par élève parmi les plus basses du pays, résultats catastrophiques.

Floride : "Don't Say Gay" bill interdisant toute discussion sur l'orientation sexuelle à l'école primaire.

"Aux USA, savoir lire est un privilège, pas un droit."

"Ici, on enseigne l'alphabet... jusqu'à la lettre C comme Censure."

10.2 Coût délirant de l'éducation supérieure et endettement à vie

Entrer à l'université aux États-Unis, c'est un peu comme signer un pacte avec Méphistophélès : tu accèdes au savoir, mais au prix d'une dette éternelle.

En 2024, le coût moyen d'une année d'études (frais de scolarité, logement et matériel) atteint environ **28 000 $ pour les universités publiques** et **58 000 $ pour les universités privées**

10.3 Le piège doré :

43 millions d'Américains portent une dette étudiante ; Un diplômé met entre 20 et 30 ans à rembourser son prêt, s'il y arrive. 16 % des emprunteurs en défaut de paiement.

Les diplômés finissent surqualifiés pour des emplois sous-payés, beaucoup peinent à décrocher un emploi stable malgré leur diplôme ruineux.

Punchline universitaire :

Tu t'endettes pour apprendre que tu ne pourras jamais t'en sortir."

Tes cours de compta gestion te servent toute ta vie

Chiffres vertigineux :

77 % des Américains ont au moins une forme de dette.

La dette étudiante totale dépasse les 1 700 milliards de dollars.

1 Américain sur 3 est poursuivi pour dettes impayées à un moment donné de sa vie.

La spirale infernale de l'endettement :

Cartes de crédit : taux d'intérêt moyens à 20 %, souvent beaucoup plus pour les mauvais payeurs.

Prêts sur salaire (payday loans) : taux d'intérêt astronomiques pouvant atteindre 400 % par an ! (36% par an pour les militaires)

Crédit toxique :

Les banques poussent à l'endettement massif pour toute dépense courante : santé, logement, études, parfois même nourriture.

Les plus vulnérables sont délibérément ciblés par des prêts abusifs.

Retraités obligés de continuer à travailler... pour rembourser leurs prêts étudiants contractés dans leur jeunesse.

Punchlines financières :

"Aux USA, ton diplôme vient avec une dette à perpétuité en option gratuite."

"Ta banque est ton propriétaire, ton patron et ton bourreau."

10.4 Religion dans l'espace public éducatif :

Multiplication des cours facultatifs sur "l'éducation biblique" dans les écoles publiques.

Prière dans les établissements scolaires encouragée dans plusieurs États conservateurs.

Exemples inquiétants :

Texas : manuels scolaires supprimant la mention de l'esclavage comme cause principale de la guerre de Sécession.

Floride : loi interdisant d'enseigner que "les États-Unis sont fondamentalement racistes".

"Aux USA, apprendre l'Histoire, c'est surtout apprendre à l'oublier."

"La Bible au tableau, la réalité sous le tapis."

Chapitre 11 : Système politique corrompu, achat de présidence et découpage (charcutage) électoral partisan

11.1 Le pouvoir par l'argent : comment acheter la démocratie américaine

Aux États-Unis, voter est gratuit, mais se faire élire coûte une fortune. La présidence n'est plus une fonction : c'est un investissement.

Coûts astronomiques :

Coût approximatif campagne présidentielle Trump : + de 1 milliard de dollars (70 fois + que le maximum autorisé France).

Les élections législatives de 2022 ont coûté au total plus de 16,7 milliards de dollars, un record mondial

Gerrymandering : la triche électorale officielle :

Redécoupage des circonscriptions électorales pour diluer le vote des opposants (Cartes électorales dessinées à la règle pour garantir des majorités artificielles.)

Lobbying et corruption légalisée :

Citizens United (2010) : arrêt de la Cour suprême autorisant les entreprises à financer sans limite les campagnes électorales.

Super PACs : comités de soutien qui brassent des millions pour influencer les élections sans transparence réelle.

Exemples affligeants :

En 2012, les Républicains ont obtenu 49 % des voix en Pennsylvanie... mais 72 % des sièges.

En 2016, seulement 9 % des Américains ont participé aux primaires qui ont déterminé les candidats finaux.

Punchlines électorales :

"Aux USA, tu peux voter... pour un choix déjà acheté."

"La démocratie américaine : vendue au plus offrant, garantie sans remboursement."

11.2 Influence religieuse, extrémisme politique et recul des droits civiques

Comment devenir sénateur ou président pour quelques millions bien placés

Une campagne (totale) au Sénat américain coûte en moyenne 30 millions de dollars.

Les donateurs ne sont pas des philanthropes : ils achètent une influence, des lois sur mesure, et des postes dorés après mandat.

Les grandes compagnies (armement, pétrole, pharmaceutique) investissent massivement pour obtenir des lois favorables.

La récompense après l'élection :

Allègements fiscaux pour les sponsors.

Nominations d'anciens donateurs à des postes-clés (secrétaires d'État, juges, ambassadeurs).

Législations sur mesure pour détruire la régulation et maximiser les profits.

Religion et extrémisme politique :

L'influence des évangélistes ultra-conservateurs ne cesse de croître.

Programmes politiques dictés par des dogmes religieux : anti-avortement, anti-LGBT, anti-sécularisme.

Régression des droits civiques au nom de "valeurs chrétiennes".

Exemples éclatants :

Jerry Falwell Jr. et les méga-églises : appuis financiers massifs en échange de politiques conservatrices.

Loi anti-avortement au Texas portée par des groupes religieux militants.

Exemption d'impôts et taxes foncières etc , sur églises sectes

Plus de 80 **milliards de dollars** échappent au fisc annuellement

"Aux USA, Jésus est devenu un agent électoral."

"Votez, priez, payez... mais surtout, obéissez."

"Quand la Bible remplace la Constitution, la démocratie agonise."

11.3 Trump : achat d'une présidence, turpitudes XXL et sénilité précoce.

Financement par une poignée d'oligarques, d'évangélistes et de lobbies pétroliers.

Complicité des chaînes télévisées avides d'audimat, lui offrant des heures de couverture gratuite.

Recours massif aux fake news, aux campagnes de désinformation sur les réseaux sociaux (merci Cambridge Analytica).

Le CV glorieux de l'empereur orange :

l'art du deal ? Plutôt l'art du FLOP ! Au royaume de Trump, la réussite se mesure en rangées de faillites et en procès.

1. **Trump University (2005–2010)**
   – Prometteuse académie de la réussite, elle a plutôt excellé dans l'art de siphonner 40 000 $ par pigeon… étudiant, avant de fermer, de verser 25 millions de dédommagements et de concéder qu'on n'enseigne pas « la richesse » par PowerPoint.

2. **Trump Steaks (2007)**
   – Bœuf à 100 $ la boîte, promu sur le tv achat comme le summum du gourmet… avant de disparaître plus vite qu'un burger dans mon frigo.

3. **Trump Vodka (2006–2011)**
   – L'ivresse de l'échec ! Résultat : stocks invendus.

4. **Trump Airlines / Trump Shuttle (1989–1992)**
   881 millions de pertes en moins de trois ans et un crash-programmé de cette ligne d'élite.

5. **Trump Magazine (2007–2009)**
   – Glossy et autosatisfait, un mag' qui parlait de Trump…

6. **Trump Ice (1995–2010)**
   – Dettes liquides « premium » 10 000 000$ de pertes

7. **Trump National Doral Miami – Reprise par HSBC (2019)**
   – L'historique resort de golf, dettes de l'ordre du milliard.

8. **Trump's Taj Mahal et consorts : six casinos en faillite**
   –Taj Mahal, Trump Plaza, Trump Castle, Trump Hotels & Casino Resorts, Trump Entertainment Resorts…

9. **Trump Foundation (2018)**
   – La charité selon Trump : détournement de fonds et paiements personnels, liquidation forcée .

10. **Trump Institute & Trump Network (2005–2009)**
   – Deux réseaux de coaching et MLM censés rendre riches…
   >>> escroquerie à grande échelle.

Bilan Loser » façon Mar-a-Lago :

+ de **six milliards de dollars** de dettes effacées par la protection des grandes banques, une dizaine d'affaires liquidées sous le label "Trump". La véritable « marque Trump » ? Transformer ses déconvenues en feuilleton médiatique… et faire en sorte que, même en faillite, tout le monde continue de parler de vous.

Turpitudes sexuelles et Epstein :

Accusations d'agressions sexuelles par plus de 26 femmes.

Liens troubles avec Jeffrey Epstein ; présence attestée à plusieurs fêtes et vols.

Paiements discrets à Stormy Daniels et Karen McDougal pour étouffer des scandales pré-électoraux.

Origine et magouilles de fortune :

Héritier d'un empire immobilier bâti par son père, bénéficiant d'une fortune dissimulée et multipliée par l'évasion fiscale.

Prétend être un self-made man tout en ayant reçu plus de 413 millions de dollars de son père sous diverses formes.

Présidence = Machine à cash :

Séjours officiels dans ses hôtels facturés aux contribuables.

Organisation d'événements gouvernementaux dans ses propriétés.

Enrichissement personnel estimé à plusieurs centaines de millions de dollars pendant son mandat.

Un gouvernement de sponsors :

Nomination de milliardaires, anciens lobbyistes et patrons d'industrie comme ministres ou dirigeants (ex : Betsy DeVos à l'Éducation, Rex Tillerson aux Affaires étrangères, Musk …).

Santé mentale préoccupante :

Plus de 70 psychiatres américains signent en 2017 l'alerte du "Danger pour la santé publique". **41 000** professionnels signent en faveur d'une pétition dénonçant son « incapacité psychologique à exercer la fonction présidentielle

Résultat ? Confusions permanentes, lapsus grotesques, obsessions paranoïaques et infantilisme à plein régime

un vrai cocktail Molotov pour le pays, et pour le monde entier !

Exemples parlants :

– en 2019, Trump a solennellement affirmé que l'Armée « avait pris le contrôle des aéroports » lors de la Révolution américaine (1775).

– En 2020, son avancée triomphale à l'académie Air force s'est muée en ballet hésitant : descente de rampe bancale et difficulté à porter un verre d'eau à ses lèvres.

– En octobre 2023, il a salué Viktor Orbán… comme « le dirigeant de la Turquie » et assuré que la Hongrie partageait une frontière avec la Russie (fausse pour les deux pays)

– Durant la primaire 2024, il a confondu Nikki Haley et Nancy Pelosi, prétendu concourir contre Barack Obama (alors que Joe Biden était le candidat), et craint que les États-Unis n'entrent en plein cœur dans la Seconde Guerre mondiale

– En juin 2024, vantant son score à un test cognitif, il a appelé son médecin « Ronny Johnson » au lieu de Ronny Jackson, avant de citer Joan Rivers comme votant pour lui en 2016… deux ans après son décès

Un vrai catalogue de belles âneries, où chaque « génie très stable » semble un peu moins… génial.

Chacune de ces péripéties suffit à semer le doute sur la stabilité mentale du « très stable genius »… sans même invoquer un stéthoscope !

Punchlines dorées :

"Trump : le seul président dont le QI est inférieur au prix d'une casquette MAGA."

"Self-made man ? Surtout self-faillite man."

"Avec lui, l'Amérique n'était plus great, juste grotesque."

« Aux USA, narcissime , hédonisme, paranoïa, sociopathie, sadisme et sénilité au pouvoir «

Make america GROTESQUE again

Chapitre 12 : Culture du stress

12.1 Culture du stress :

Temps de travail annuel moyen : 1 791 heures (contre 1 514 en France, par exemple).

Absence de congés payés garantis par la loi fédérale.

Assurance maladie inexistante pour des millions de personnes, augmentant l'angoisse quotidienne.

Exemples percutants :

États comme le Montana et l'Alaska affichent des taux de suicide deux fois supérieurs à la moyenne nationale.

Augmentation des prescriptions d'antidépresseurs de 400 % entre 1988 et 2019.

Punchline sous anxiolytique :

"Aux USA, ton plus gros employeur, c'est ton anxiété."

12.2 Addiction au travail, burn-out de masse et industrie du bonheur en tube

Bienvenue dans la patrie du "No pain, no gain" où même l'épuisement est un insigne d'honneur.

Chiffres écrasants :

77 % des travailleurs américains déclarent avoir déjà souffert d'un burn-out.

Environ 120 000 décès / an sont attribués au stress professionnel.

La religion du travail :

L'Américain moyen valorise le surmenage comme une preuve de réussite sociale.

"Workaholism" (addiction au travail) est perçu comme une vertu, pas une pathologie.

Industrie du bonheur en tube :

Explosion des coachs en productivité, méditation de bureau et cours de yoga sponsorisés par des mégacorporations.

Vente massive d'applications de méditation, compléments alimentaires, boissons énergétiques pour tenir jusqu'à l'effondrement suivant.

Marketing toxique : "Si tu es malheureux, c'est parce que TU n'essaies pas assez."

Zéro jour de congé payé obligatoire au niveau fédéral.

"Aux USA, on vit pour travailler et on meurt pour une promotion."

"Le bonheur ? Un abonnement annuel à une appli de méditation que tu n'as jamais le temps d'ouvrir."

"Ici, le burn-out est un rite de passage, pas une alerte sanitaire."

Chapitre 13 : Réseaux sociaux, manipulation massive et extinction de l'esprit critique

Bienvenue dans le plus grand parc d'attractions psychologique de la planète : Facebookland, TikToktopia et Instagramistan.

Chiffre inquiétant :

Les Américains passent en moyenne 2 h30 / jour sur les réseaux .

Une machine à désinformation :

Propagation virale de fake news : sur Facebook, les fausses nouvelles circulent 6 fois plus vite que les vraies.

YouTube et TikTok favorisent l'effet de "chambre d'écho", où chacun **ne voit que ce qui conforte ses croyances.**

Addiction organisée :

Algorithmes optimisés pour maximiser le temps passé à scroller.

Renforcement des biais cognitifs, montée des extrémismes, radicalisation politique en 3 clics.

Extinction de l'esprit critique :

40 % des jeunes Américains ont des difficultés à différencier une information crédible d'une intox.

Défiance généralisée envers les médias traditionnels, exploité par les mouvances complotistes.

Exemples frappants :

Scandale Cambridge Analytica : manipulation électorale à grande échelle via Facebook.

Groupes QAnon : propagés massivement grâce à YouTube et Facebook, infiltrant même des campagnes électorales.

Punchlines connectées :

"Aux USA, ton meilleur ami est un algorithme... qui te déteste secrètement."

"Tu croyais chercher la vérité ? Tu as juste été vendu au plus offrant."

Chapitre 14 : Liberté d'expression sans modération : quand tout dire devient un sport de haine

Bienvenue au pays où la liberté d'expression est une arme de destruction massive en libre-service.

14.1 Explosion incontrôlée :

Le Premier Amendement est sacré, mais sa sacralisation est devenue un prétexte pour tout dire, n'importe comment, et surtout n'importe quoi.

Groupes néonazis, milices extrémistes, prédicateurs haineux : tous trouvent leur tribune librement sur les réseaux et dans les médias alternatifs.

Des sites comme 4chan, 8kun et Gab nourrissent et amplifient les discours racistes, sexistes, homophobes, antisémites.

YouTube a vu exploser des chaînes prônant la suprématie blanche, la misogynie extrême ou le complotisme délirant.

Culture de la provocation :

Le trolling, autrefois marginal, est devenu une arme politique.

Les insultes raciales, le harcèlement en meute, les appels voilés à la violence pullulent sans modération réelle.

Quand la haine tue :

Massacres inspirés par des manifestes haineux (Charlottesville, Christchurch).

Extrémistes radicalisés en ligne, armés et convaincus d'accomplir des "missions sacrées".

Le cas emblématique : Pizzagate

En 2016, une théorie conspirationniste surgit : Hillary Clinton et des figures politiques démocrates seraient impliquées dans un réseau pédocriminel basé dans une pizzeria de Washington.

L'accusation est purement fictive, fondée sur des interprétations délirantes d'e-mails piratés.

En 2016, un homme armé entre dans la pizzeria et tire plusieurs coups de feu. Par miracle, il n'y a pas de blessés.

Aucune preuve n'a jamais été trouvée : le complot était totalement imaginaire. Mais le phénomène a montré comment une rumeur peut produire une violence bien réelle.

Punchlines inflammables :

"Aux USA, la haine est un droit constitutionnel."

14.2 "La liberté d'expression ? Un extincteur... vidé sur l'incendie qu'on allume soi-même."

Aux États-Unis, réviser l'Histoire et imposer une lecture religieuse de la réalité n'est pas un dérapage, c'est une stratégie assumée.

Le grand reformatage :

Certains États obligent à enseigner la "grandeur chrétienne" de l'Amérique en minimisant l'esclavage et le génocide des peuples autochtones.

L'enseignement de la théorie de l'évolution est ouvertement contesté par des lobbies créationnistes.

Livres d'Histoire réécrits : les esclaves renommés "travailleurs involontaires", l'esclavage réduit à une "migration forcée".

Censure massive dans les écoles :

Retrait de centaines de livres abordant le racisme, l'histoire critique, ou l'identité LGBT.

Programmes anti-"diversité" : interdiction d'aborder l'histoire des discriminations pour "ne pas heurter les sensibilités".

Chapitre 15 : Culture du consumérisme, obsolescence programmée et hypercapitalisme débridé

Bienvenue dans un pays où ton identité est ce que tu achètes.

Chiffres démesurés :

La consommation représente 70 % du PIB américain.

Chaque Américain produit en moyenne 2,5 kg de déchets par jour.

12 millions de tonnes de meubles sont jetées aux États-Unis chaque année.

Obsolescence programmée :

Smartphones, électroménager, vêtements : conçus pour tomber en panne ou devenir "obsolètes" rapidement.

Réparabilité quasi nulle : il est souvent moins cher de racheter que de réparer.

Hypercapitalisme effréné :

Publicité invasive : un Américain moyen est exposé à 4 000 à 10 000 publicités par jour.

Achats compulsifs encouragés dès l'enfance (marketing dans les écoles, dessins animés sponsorisés).

Aux USA : lobbying massif contre toute législation contraignante sur la durabilité.

Exemples absurdes :

Fast fashion : vêtements conçus pour être jetés après 3 lavages.

Black Friday : émeutes pour des téléviseurs plats, alors que la moitié finira au rebut en moins de 5 ans.

Punchlines consuméristes :

"Aux USA, tu existes parce que tu consommes."

"Obsolète dès l'achat : le vrai rêve américain."

"Achetez, jetez, rachetez : jusqu'à ce que la planète rende l'âme."

Chapitre 16 : Médias achetés, propagande permanente et extinction du journalisme indépendant

Bienvenue dans un pays où l'information est à vendre au plus offrant.

Chiffres inquiétants :

6 groupes de médias contrôlent 90 % des informations consommées par les Américains.

Depuis 2000, plus de 2 000 journaux locaux ont disparu.

86 % des Américains n'ont accès qu'à une seule source d'information locale.

Médias achetés :

Concentration médiatique : Disney, Comcast, News Corp, AT&T, ViacomCBS possèdent la quasi-totalité des chaînes TV, radios et grands journaux.

Lignes éditoriales dictées par les intérêts économiques et politiques des propriétaires.

La propagande comme norme :

Présentation biaisée des guerres, des scandales financiers, des politiques publiques.

Diffusion massive de narratifs favorables aux grandes entreprises et aux puissances financières.

Disparition du journalisme indépendant :

Licenciements massifs de journalistes d'investigation.

Pressions économiques sur les médias alternatifs indépendants.

Censure indirecte par l'asphyxie publicitaire et judiciaire.

Privatisation presque totale de l'information.

Exemples parlants :

CNN, Fox News, MSNBC : chacun diffuse sa propre version de la réalité politique.

Journaux prestigieux transformés en relais publicitaires géants.

Punchlines médiatiques :

"Aux USA, l'info n'informe pas : elle performe."

"La vérité ? Un produit de niche en rupture de stock."

"Regarde la télé : tu seras désinformé à la vitesse de la lumière."

Chapitre 17 : Aux étoiles, citoyens !

17.1. Les nouveaux conquistadors de l'infini

Derrière chaque engin hurlant vers la stratosphère, se cache un investisseur calculatrice à la main, rêvant de facturer chaque gramme de poussière lunaire. Pourquoi conquérir l'espace ? Pour transformer l'univers en nouveau gigantesque supermarché : astéroïdes à forer, eau gelée à capter, il y a là-haut mille ressources à piller… et à breveter au nom du premier venu.

17.2. Premier arrêt : la poubelle galactique

Sous couvert de « missions scientifiques », les gouvernements financent à coups de milliards des lancements massifs, générant une pluie de débris en orbite. Car oui, votre planète ne leur suffit plus : la pollution se déverse désormais dans l'espace, entre vieux satellites et « micrométéorites » de métal fondu.

17.3. Le paradis du merchandising

Qui dit conquête spatiale dit forcément merchandising : t-shirts « I survived Mars », casquettes « Moonwalker », briquets « Apollo »… On vend de tout, jusqu'à l'ultime miette de roche lunaire, estampillée « édition collector ». Le contribuable achète le rêve, la multinationale encaisse la réalité : logos sur les combinaisons, gadgets en fibre de carbone, et franchise interplanétaire de burgers spatiaux. C'est la version galactique du dimanche à Disney – sauf que vous n'y emmènerez pas vos enfants sans une carte bancaire prête à fondre.

17.4. Laboratoire à ciel ouvert : les armes de demain

Espace = zone blanche ? Que nenni ! Sous l'alibi de la « défense planétaire », on y teste missiles à plasma, canons laser et drones orbitaux. Tout est prétexte à dégainer l'armement high-tech : protéger la Terre d'un astéroïde fatal (ou d'un concurrent). Les contrats militaires pleuvent, et le citoyen moyen, entre deux factures de chauffage, finance la prochaine cartouche laser qui tirera… sur Mars ?

17.5. Encore un peu de « découverte scientifique »

Ah, la science ! À chaque lancement, on promet l'élixir de longue vie, la découverte d'extraterrestres sympas et le secret d'un climat stable. Quelques milliards plus tard, on annonce un microscope spatial pour observer des microbes interstellaires… qu'on ne remontera jamais ! La moindre avancée se transforme en gros titre, tandis que le bilan carbone et les factures d'électricité s'accumulent aussi vite que les débris en orbite.

17.6. Le grand gagnant : le portefeuille des actionnaires

Résumons le business :

- **Vous** financez les infrastructures avec vos impôts, vos taxes et… votre carte bleue (bons merchandising !).

- **Les géants du privé** récupèrent les brevets, les concessions minières et les marchés militaires.

- **Les vendeurs** prospèrent, la Terre devient hors de prix et l'espace prend ses allures de décharge XXL.

17.7. L'addition cosmique

Quelques-unes de nos meilleures têtes s'extasient à la télévision devant un atterrissage lunaire, et le reste de la Terre s'étouffe sous la pollution, inégalités et dette publique. Le rêve spatial, à force d'être vendu comme la panacée, ressemble de plus en plus à un gigantesque mirage : on vous vend le ticket en first class, on vous prend tout votre argent, et on vous laisse… nettoyer le hangar.

17.8. Prochaine étape : nettoyage ethnique… galactique

Et bien sûr, après « la découverte » de ces *Disneylands* interstellaires – viendra le grand déploiement humain : on y installera nos **braves Américains** , assoiffés de profits et de burgers cosmiques. Mais avant d'égayer ces nouveaux mondes de néons et de drive-in, il faudra accomplir le rituel institutionnel :

- **Genocide des natifs** : on balaiera gentiment les éventuelles formes de vie autochtones (microbes, organismes multicellulaires ou… intellectuels un peu trop curieux) pour éviter toute « concurrence culturelle ».

- **Colonisation industrielle** : place aux usines intergalactiques, aux mines d'astéroïdes et aux pipelines solaires, évidemment gérés par des multinationales dont le seul credo est le « retour sur investissement ».

- **Peuplement « premium »** : on y enverra nos meilleurs clients – pardon, citoyens – choisis sur critère de solvabilité et d'IMC élevé, pour travailler dans des conditions « optimales » (café 100 % synthétique, W-Fi à volonté).

Bref, la boucle est bouclée : d'un côté, on vous vendra l'eldorado stellaire ; de l'autre, on vous fera la guerre, on vous déplacera, on vous exploitera. Le tout financé par vos impôts, au nom d'une aventure humaine… et surtout d'un profit interplanétaire. Bienvenue dans l'empire cosmicapitaliste !

Moralité satirique :

« Quand l'horizon terrestre devient trop étroit, on promet la voie lactée. » Mais n'oublions pas que, derrière chaque fusée, c'est votre porte-monnaie qui s'envole, pour alimenter le vent intersidéral des profits et des dettes. Immortels peut-être, mais toujours solvables ? À méditer entre deux étoiles.

Chapitre 18 : Religion, superstition organisée et business de la foi

Bienvenue dans un pays où Dieu est une franchise et la foi un produit de grande consommation.

Chiffres révélateurs :

Plus de 70 % des Américains se déclarent croyants.

Le marché religieux c'est 1 200 milliards de dollars par an.

Plus de 350 000 églises disséminées sur tout le territoire.

Le business de la foi :

Télévangélistes multimillionnaires (Kenneth Copeland, Joel Osteen) vivant dans des palais financés par les dons des fidèles.

Vente de bénédictions, promesses de guérison, accès paradis VIP.

Superstition organisée :

Création incessante de nouvelles sectes et églises sur mesure.

Monopole sur la morale publique : ingérence dans la politique, l'éducation, la santé.

Les grands scandales :

Pédophilie couverte par des diocèses entiers.

Évasion fiscale via le statut d'organisation religieuse.

Mega-Églises prêchant la prospérité... uniquement pour leurs pasteurs.

Exemples croustillants :

Kenneth Copeland : fortune estimée à plus de 750 millions de dollars. Megachurches avec parkings pour jets privés.

Punchlines divines :

"Aux USA, le salut s'achète en 12 fois sans frais."

"In God they trust... surtout pour échapper aux impôts."

"Le paradis, version Premium, est accessible pour quelques centaines de dollars par mois."

Ah, quelle merveilleuse escroquerie ! Pandore a ouvert la boîte, et voilà les cieux et les flammes de l'au-delà transformés en super-promos de l'espoir : souffrez ici-bas, et vous toucherez le jackpot éternel !

Pendant qu'on vous bassine avec la crainte du brasier infernal ou la salade défraîchie du paradis, les « happy few » tricotent tranquillement leur confort sur vos sacrifices :

« Travaillez dur, restez dociles, on se voit après ! »

Ils ont inventé le business modèle ultime : un dosage savamment calculé de culpabilité et de rêve, histoire de vous garder sous perfusion de foi low-cost.

Jamais l'expression « opium du peuple » n'a paru aussi littérale : un nuage de douce illusion pour anesthésier vos révoltes... et des mains invisibles qui récoltent l'or de votre soumission.

Chapitre 19 – L'« Uberisation » : Quand le Rêve Américain Devient Cauchemar Low-Cost

Ah, les États-Unis ! Terre promise des self-made men, royaume du "You can do it !", où l'on vous vend l'indépendance clé en main… pour mieux vous revendre la précarité à l'unité.

Bienvenue dans l'ère bénie de l'« uberisation », cette invention yankee qui a d'abord séduit par sa promesse de liberté, avant de finir par broyer la main-d'œuvre sous la houlette inflexible du smart-phone.

19.1. L'uberisation : origines d'une potion magique… et toxique

D'abord lancée comme le nouveau Graal du travail flexible, l'uberisation se gargarise de liberté : "Travaillez quand vous voulez, où vous voulez !"

Chiffres mirobolants, application élégante, dispatch automatique des commandes…

Jusqu'à ce qu'on réalise que le vrai produit vendu n'était pas le service, mais la précarité.

- **Auto-entrepreneuriat déguisé** : Fini le CDI, place à l'« auto-entrepreneur ». Vous êtes votre patron, à condition d'oublier le bras de fer salarial, les congés payés et la sécu.

- **Sous-traitance à la découpe** : Les plateformes – oui, toujours elles – fragmentent le travail, vous payant à la course, à la livraison, au giga… au ticket-resto imaginaire.

Et, pendant que vous pédalez ou que vous conduisez, l'algorithme, votre unique chef, ajuste les tarifs à la baisse, vous rendant aussi jetable qu'un smartphone dépassé.

19.2. Quand la main-d'œuvre devient consommable

À ce tarif-là, l'Union européenne et le monde entier se sont empressés d'adopter la potion magique, oubliant que toute potion a ses effets secondaires :

1. **Paupérisation grisante** : Vous êtes payé « à la tâche », et si la tâche disparaît, vous disparaissez aussi. Pourquoi embaucher quand on peut licencier d'un clic ?

2. **Course au moins-disant** : Les plateformes rivalisent dans le dumping social : moins de charges, moins de droits, plus de « flexibilité ». Les travailleurs, eux, rivalisent… de disponibilité, prêts à tout pour un dollar de plus.

3. **Isolement extrême** : Plus de collègues, plus de cantine d'entreprise, plus de syndicats. Juste vous, votre appli, et la solitude numérique.

Vous pensiez être indépendant ? Vous voilà captif d'un système qui valorise… votre absence de tout filet de sécurité.

19.3. Les autres tours de passe-passe à l'américaine

Mais pourquoi s'arrêter à l'uberisation ? Les USA, grand magicien du capitalisme créatif, ont plus d'un tour dans leur sac :

- **Le portage salarial high-tech** : Vous vendez vos compétences à prix d'or… mais derrière, vous ne recevez que la marge réduite une fois votre "société de portage" et l'URSSAF américaines prélevées.

- **Les "internats" gratuits** : Appelés pudiquement "stages", ils transforment des étudiants fraichement diplômés en main-d'œuvre gratuite— pardon, "formative"— pour Silicon Valley.

- **Le micro-travail** : Effet papillon : plateformes de micro-tâches à quelques centimes la traduction de mot ou la reconnaissance d'image, dispersant la main-d'œuvre pauvre partout sur la planète.

- **La sous-traitance offshore** : Quand ce n'est pas vous, c'est quelqu'un d'autre, souvent dans un fuseau horaire oublié de l'Histoire, qui paye l'addition d'Amazon ou Google.

19.4. Effets pervers et paradoxes

Alors, quel bilan ? Une workforce ultra-flexible, certes… mais aussi ultra-précaire :

- **Absence de protection sociale** : chômage, maladie, retraite… on oublie !

- **Salaires éclatés** : quelques centimes à… quelques € par mission.

- **Burn-out algorithmique** : course effrénée à la prochaine commande, au prochain clic, sous l'œil inquisiteur de votre appli devenue oppressante.

Et le comble : tous ces "travailleurs indépendants" financent… la start-up qui les écrase. Surréaliste ? Non, « Made in USA ».

Chapitre 20. La planche à billets Américaine.

Depuis 2008, la Fed imprime plus vite que la lumière

- **8 000 milliards de dollars** fraîchement frappés, "Made in USA".

- **+ 30 % du PIB** ajouté à la sauce monétaire.

Question existentielle : si tous les pays essayaient de refourguer leurs dollars en même temps, ce serait crash test garanti.

Un tsunami de billets qui se noient dans l'océan financier – et vous, vacillant sur votre bouée de dette.

Et si tout le monde revomissait ses dollars à la fois ?

Imaginez une salle de cinéma où chacun voudrait entrer en même temps… Résultat : bousculade, déchirure de billets et rien ne vaut plus rien.

- Un jour, vous prenez votre portefeuille : PAF ! Zéro pouvoir d'achat, prix qui s'envolent, panique à bord.

Bienvenue à la grande kermesse de l'hyperinflation… tenez bon

Punchlines financières

- « Aux USA, l'argent pousse sur les arbres… et ça se voit sur l'inflation. »
- « La planche à billets tourne plus vite qu'un DJ sous cocaïne. »
- « Le dollar : unique monnaie où l'on crédite la dette de la planète entière. »

CHAPITRE 21 : Le « Gendarme du Monde » à l'Américaine : Pacificateur… ou Néo-Colonisateur Déguisé ?

Les États-Unis se présentent en justiciers globe-trotters, déployant leurs troupes pour « assurer la paix »… alors qu'en coulisses, c'est le contribuable qui signe les chèques, sans trop voir le retour sur investissement – si ce n'est quelques emplois précaires, un léger coup de pouce à leur 401 k, et, hélas, le chagrin des familles endeuillées.

21.1 Interventions « ciblées » : carte au trésor incluse

On débarque là où sommeillent pétrole, gaz ou minerais rares : Moyen-Orient, Asie centrale, minières d'Afrique et d'Amérique latine. Derrière la fanfare « mission humanitaire », on devine surtout l'odeur du kérosène et des gros chèques versés aux majors de l'énergie, aux acteurs de la reconstruction, etc

21.2. Sécuriser… pour mieux facturer

D'abord, pipelines et concessions minières sont placés sous haute protection. Ensuite, Bechtel, Halliburton et KBR – ces « plombiers du désert » – raflent les contrats de reconstruction : routes, ponts, hôpitaux, tout refait à neuf avec des marges confortables que se partagent actionnaires et élites.

21.3. Choc et stupeur, puis addition

La recette miracle : frapper fort dès le départ – on appelle ça « choc et stupeur » – pour étourdir l'adversaire, puis proposer la « solution » de la remise en état à coups de prêts conditionnés.

21.4. Aide à géométrie conditionnelle

USAID, OPIC et consorts déversent chaque année des milliards, mais à la condition expresse d'acheter chars, avions-cargo et drones estampillés « Made in USA ». Bref : la guerre coûte bel et bien deux fois aux pays « sauvés »

21.5. Influence douce & néo-clientélisme

Entre ambassades stylées, ONG sponsorisées et forums d'affaires, on tisse un réseau d'influence : les élites locales défilent en costumes griffés et consomment leurs franchises US préférées, convaincues que la liberté vient dans un combo burger-frites.

Ce que perçoit (ou pas) le contribuable américain

Emplois sous-payés

Quelques milliers de postes mal rémunérés dans les bases à l'étranger, et une tripotée de « contractors » locaux sous-payés.

Boom industriel à la maison

Des centaines de milliers d'emplois créés ou maintenus dans les usines américaines : fabrication de blindés, d'hélicoptères, de munitions, de rations militaires et de drones. Hélas, ces salaires de la Défense profitent surtout aux régions déjà industrielles, sans dynamiser les campagnes.

Plan de retraite 401 k

Une petite hausse boursière sur les compagnies qui participent, mais difficile de fêter ça quand vos voisins rentrent dans un cercueil.

Tribut humain

Vies américaines et étrangères fauchées, souvent reléguées à un entrefilet.

Moyens mobilisés (ordres de grandeur)

Humains : près de 200 000 soldats simultanément dans plus de 150 pays.

Budget défense : ~770 milliards $ par an, plus de drones que de pigeons voyageurs.

Aides & prêts : >30 milliards $ d'aide bilatérale, dont une large part sert à acheter du matériel US.

Le contribuable américain paie la guerre, achète le jouet, puis finance la reconstruction… tandis que l'industrie US encaisse dividendes et bonus.

Le pays « libéré » devient un client captif. Mission « apporter la paix » ? Plutôt ouvrir un nouveau marché garanti 100 % Made in USA !

Nous apportons la paix !
Et nous ne repartons pas les mains vides !

Conclusion – Les États Désunis d'Amérique

Bienvenue au terme de cette traversée rocambolesque du pays le plus riche, le plus armé, le plus croyant, le plus endetté, et, avouons-le, parfois le plus absurdement incohérent de la planète.

Les paradoxes américains résumés :

Première économie mondiale, mais record absolu d'inégalités.

Superpuissance militaire, mais citoyens sans assurance maladie.

Champion de la liberté, mais champion aussi de l'incarcération.

Terre d'innovations, mais prisonnier de dogmes religieux moyenâgeux.

Un modèle fracturé :

Les États-Unis ne sont pas une nation unie, mais une mosaïque d'intérêts opposés, de haines recuites, de religions antagonistes, et de classes sociales retranchées dans des bunkers idéologiques.

Le rêve américain ? Devenu pour beaucoup un simple somnifère pour oublier la réalité.

Et pourtant... Malgré tout, une énergie féroce anime encore une partie de la population : activistes, journalistes indépendants, professeurs engagés, citoyens anonymes qui refusent de se soumettre.

La machine infernale du consumérisme, du militarisme et de la religiosité crasse n'est pas invincible — mais il faudra plus qu'une simple "bonne volonté" pour inverser la tendance.

Moralité provisoire :

L'Amérique n'est pas morte.

Elle est juste en overdose d'elle-même.

Punchlines finales :

"Les États-Unis d'Amérique ? Un mariage forcé entre Wall Street, Hollywood, Dieu, et l'Armée."

"Au pays de la liberté, tu es libre... tant que tu restes dans ta case."

"Le rêve américain va mourir d'une overdose de contradictions."